TEXTE INTEGRAL

EN COUVERTURE
Photo John Craven (détail)

ISBN : 2 86930 244 4
ISBN 1re publication : 2 903059 59 4

Titre original : *The Little Disturbances of Man.*

Ce livre a paru dans la collection étrangère des éditions Rivages dirigée par Gilles Barbedette.

5-7, rue Paul-Louis Courier - 75007 Paris
10, rue Fortia - 13001 Marseille.

LES PETITS RIENS DE LA VIE

Peu d'écrivains écrivent sur l'amour comme Grace Paley.
Ces histoires de femmes et d'hommes enfermés dans une vie de tous les jours où l'amour et la haine sont si proches, où le rire se heurte aux larmes, sont difficiles à oublier.
Dans le monde de Grace Paley tout peut arriver et cela arrive généralement à ces couples qui s'aiment, qui se querellent, à ces femmes abandonnées, à ces maris qui fuient.
Mais la vie l'emporte toujours sur le désespoir, le rire sur les larmes, et ils s'en sortent blessés mais triomphants.
Ce livre, publié aux Etats-Unis en 1959, a tout de suite établi Grace Paley comme un des écrivains contemporains de fiction les plus brillants et originaux de l'Amérique.

Grace Paley est née en 1922 à New York dans une famille de juifs russes émigrés. De ses parents, qui avaient quitté la Russie en 1905, elle apprend le yiddish et le russe, dans le Lower East Side de New York où elle passe sa jeunesse. Après des débuts de poète, elle

publie Les petits riens de la vie *en 1959 et un autre recueil de nouvelles en 1974,* Enorme changement de dernière minute. *Son style inimitable est devenu une référence de légende pour une nouvelle génération d'écrivains juifs new-yorkais, notamment pour Philip Roth.*
Grace Paley enseigne dans une université de New York et habite une petite maison isolée du Vermont où d'autres activités que l'écriture la mobilisent : l'écologie, le féminisme et le pacifisme.

Grace Paley

Les petits riens de la vie

Nouvelles

Traduit de l'anglais
par Claude Richard

Rivages

Au revoir et bonne chance

Dans certains milieux, j'avais du succès, dit Tante Rose. C'est pas que j'étais plus mince, à l'époque, mais j'avais plus de stabilité dans les chairs. Tu vois Lillie, faut pas être surprise dans les temps qui viennent — le changement c'est un fait de dieu.

Y'a personne qui y coupe. Faut quelqu'un comme ta mère, en hibernation perpétuelle pour ne pas se rendre compte que son derrière est de plus en plus gros. Ça fait maintenant trente ans qu'elle gazouille aux oreilles de son canari. Qui donc l'écoute ? Papa est au magasin. Seymour et toi, vous ne pensez qu'à vous. Alors elle est là dans sa cuisine propre comme un sou neuf, à attendre un mot gentil et à penser : « Pauvre Rosie »...

Pauvre Rosie ! Si ma petite sœur avait plus de vie en elle, elle saurait que mon cœur est une vraie académie de sentiments et y'a tant de savoirs entre mon corset et ma peau qu'en comparaison toute sa vie de femme mariée, c'est tout au plus la maternelle.

Ces temps-ci on me trouve à l'hôtel vers le Nord ou vers le Sud. Qui voudrait un appartement ? Pour vivre comme une bonne, le chiffon à la main, à éternuer ? Je suis au mieux avec les garçons de salle dans les restaurants ; c'est plus intéressant qu'à la maison ; on voit toutes sortes de gens, chacun ses raisons...

Et ma raison à moi, Lillie, c'est qu'il y a bien longtemps de ça, j'ai dit à la contremaîtresse,

« Madame, si je peux pas m'asseoir près de la fenêtre, je m'assieds pas du tout ». « Ecoute, petite », elle me dit poliment, « si tu peux pas t'asseoir, va donc au coin de la rue faire les cent pas sur le trottoir ». Et voilà pourquoi je n'ai pas fait carrière dans la mode.

Pour le boulot suivant, j'ai répondu à une annonce qui disait : « Jeune femme raffinée, salaire moyen, société culturelle ». J'ai pris le trolley pour me rendre à l'adresse indiquée, le Théâtre Russe d'Art et d'Essai de la Seconde Avenue où on jouait l'une des meilleures pièces yiddish. Il leur fallait quelqu'un dans mon genre, aimable avec le public mais qui aurait les escrocs à l'œil. C'est le régisseur qui m'a reçue — vous voyez le genre.

Tout de suite il m'a dit : « Rosie Lieber, il est certain que vous êtes bien charpentée ».

« Il faut de tout pour faire un monde, Mr Krimberg ».

« Ne prenez pas ça en mauvaise part, ma petite », dit-il, « je suis pour, tout à fait pour. Une jeune dame qui aurait des déficiences du côté de la proue et de la poupe, son sang a tant à faire pour réchauffer les orteils et le bout des doigts, qu'il n'a pas le temps d'irriguer les endroits où on a vraiment besoin de lui ».

Tout le monde aime les compliments. Je lui ai dit : « Tenez vos mains dans vos poches, Mr Krimberg, et on fera affaire ».

On a fait affaire : neuf dollars par semaine, un verre de thé le soir, un billet gratuit par semaine pour Maman et la permission d'assister aux répétitions quand ça me chantait.

Mes neufs premiers dollars étaient entre les mains de l'épicier, prêts à continuer leur ronde, quand Krimberg me dit : « Rosie, il y a un gentleman, un vrai de vrai, qui appartient à la troupe de ce remarquable théâtre et qui voudrait faire votre connaissance, sans doute sous la puissante influence de vos grands yeux sombres ».

Qui ? Je te le donne en mille, Lillie ! Ecoute moi bien : là sous mes yeux, en chair et en os, se trouvait Volodia Vlachkine, que les gens de l'époque appelaient le Valentino de la Seconde Avenue. Dès le premier coup d'œil, je me dis : Où donc un petit juif a-t-il pu grandir pour devenir si beau ? « Pas loin de Kiev », qu'il me dit.

Et comment ça ? « Ma mère m'a nourri jusqu'à l'âge de six ans. Il n'y avait que moi, parmi les gars du village, en aussi belle santé ».

« Bon Dieu ! Vlachkine, jusqu'à six ans ! C'est pas des seins qu'elle devait avoir la pauvre femme mais des carottes rapées ».

« Ma mère était belle », dit-il. « Ses yeux étaient des étoiles ».

Il avait une façon de s'exprimer qui faisait monter les larmes aux yeux.

Après ces présentations, Vlachkine s'adressa à Krimberg : « Qui donc a pris la décision de cacher cette merveilleuse personne dans une cage ? ».

« C'est là que la caissière vend les billets ».

« Bon, alors, David, va donc dans la cage vendre des billets pendant une demi-heure. J'ai une idée derrière la tête pour l'avenir de cette jeune fille et de cette troupe. Sois gentil, David, vas-y. Et vous, Mademoiselle Lieber, puis-je suggérer un verre de thé chez Feinberg ? Les répétitions sont longues. Un paisible interlude avec une aimable personne me fera du bien ».

Il m'a amenée chez Feinberg, puis au coin de la rue dans un endroit si plein de Hongrois qu'on ne s'entendait pas. Dans l'arrière-salle il avait les honneurs d'une table réservée. Sur la nappe, une inscription avait été brodée par la maîtresse des lieux : « Vlachkine mange ici ». Nous bûmes un verre de thé en toute quiétude, un verre pour la soif, puis je trouvai enfin quoi dire.

« Mr Vlachkine, je vous ai vu il y a environ quinze jours, avant même que je commence à travailler ici, dans *La Mouette.* Vous pouvez croire que si j'étais cette fille-là, je jetterais même pas un coup d'œil sur le jeune bourgeois. Il pourrait aussi bien disparaître de la pièce. Comment Tchekhov a-t-il pu le mettre dans la même pièce que vous ? Je peux pas comprendre ça ».

« Je vous ai plu ? »,demanda-t-il en me prenant la main et en la tapotant gentiment. « Bon, bon, la jeunesse m'aime encore... et le théâtre vous a plu aussi ? Bien. Et vous, Rose, vous savez que vous avez une si jolie main, douce et chaude sous mes doigts, et une peau si douce ; dites-moi, pourquoi porter une écharpe autour du cou ? Vous ne faites que cacher une gorge si jeune, si jeune. Mon enfant, l'ancien temps où l'on vivait dans la pudeur est révolu ».

« Qui donc a de la pudeur ? », dis-je, en enlevant l'écharpe ; mais ma main droite prit aussitôt sa place, parce que, pour dire le vrai, c'était encore la vieille époque, et que c'était bien dans ma nature de mourir de honte.

« Prenez un peu plus de thé, ma chère petite ».

« Non merci, je me sens déjà comme un samovar ».

« Dorfmann ! », hurla-t-il, comme un roi. « Apporte à cette jeune personne un siphon avec de la glace ».

Dans les semaines qui suivirent, j'eus le privilège de le connaître de mieux en mieux comme personne —et j'eus aussi l'occasion de l'observer dans son métier. C'était l'automne ; le théâtre était comme une ruche. Répétition sur répétition. Après le four de *La Mouette, Le Commis voyageur d'Istambul* fit un tabac.

Les dames perdirent vraiment la tête. Le soir de la première, au beau milieu de la scène du début, une donzelle — sûrement une veuve, ou alors son mari travaillait trop — se mit à battre des mains en chantant « oï, oï, Vlachkine ». Ce fut bientôt un tel tumulte que les acteurs durent s'arrêter de jouer. Vlachkine s'avança. Sauf que c'était pas le Vlachkine que mes yeux connaissaient... C'était un homme plus jeune, aux cheveux noirs comme la poix, agile et sautillant sans cesse, l'esprit à fleur de lèvres. Un demi-siècle plus tard, à la fin de la pièce, il revenait, sous les traits d'un philosophe chenu, un spécialiste de la vie apprise rien que dans les livres, les mains douces comme la soie... Je pleurais de penser qui j'étais — une rien du tout — et qu'un tel homme puisse me regarder avec intérêt.

Bientôt je reçus une petite augmentation, due au fait qu'il avait bien aimablement parlé en ma faveur et aussi, pour la somme de cinquante cents par soirée, on me donna le plaisir de me joindre à des cousins, des beaux-parents et de ces gosses fous de théâtre pour jouer une scène de foule et alors je vis les choses qu'il voyait tous les soirs, les centaines de visages blafards tendus vers lui dans l'attente du rire que provoquerait ses sentiments ou du chagrin qui leur ferait douloureusement baisser la tête.

La triste journée où je donnai à ma mère un dernier baiser vint enfin. Vlachkine m'aida à trouver une modeste chambre près du théâtre, pour que j'aie plus de liberté. Et comme ça aussi mon merveilleux ami aurait un endroit pour s'étendre loin du tumulte des loges. Elle pleura toutes les larmes de son corps. « C'est une autre façon de vivre, Maman », dis-je. « De plus, c'est l'amour qui me porte ».

« Espèce de, espèce de rien du tout, espèce de trou moisi de morceau de gruyère, tu prétends m'expliquer ce que c'est que la vie ? », elle se mit à piailler.

Profondément blessée, je m'éloignai d'elle. Mais je suis de bonne composition — les gros sont comme ça, tu sais, gentils — et je me disais dans mon for intérieur, pauvre Maman... c'est quand même vrai qu'elle en sait plus que moi sur la vie. Elle a épousé quelqu'un qu'elle n'aimait pas, un malade, dont l'esprit avait déjà été avalé par le Bon Dieu. Il ne se lavait pas. Il sentait le malheur. Ses dents tombèrent, puis ses cheveux, il rapetissa, se racornit petit à petit, jusqu'à ce que, au revoir et bonne chance, y'ait plus personne et Maman ne se souvenait de lui que quand elle allait prendre la note d'électricité dans la boîte aux lettres sous l'escalier. Pour honorer sa mémoire et par respect pour l'humanité, je décidai de consacrer ma vie à l'amour.

Ne ris pas, petite ignorante.

Tu crois peut-être que c'était facile pour moi ? Il fallait bien que je donne un petit quelque chose à Maman. Ruthie économisait avec ton père pour acheter du linge et quelques couverts. Le matin je faisais de l'ouvrage à la pièce pour avoir un peu d'indépendance. Alors je fabriquais des fleurs. Avant l'heure du déjeuner c'était tout un jardin qui poussait sur ma table.

C'était ça, mon indépendance, chère Lillie, une éclosion, mais une éclosion sans racines de visages de papier.

Pendant ce temps, Krimberg s'y était mis aussi. Sans doute en remarquant le succès de Vlachkine, il s'était dit : « Ah ! Ah ! un sésame ouvert... ». Pareil pour d'autres dans la troupe. A me courir après à cette époque, on pouvait citer : Krimberg, dont j'ai déjà parlé. Carl Zimmer qui jouait les jeunes innocents sous une perruque. Charlie Peel, un chrétien tombé par accident dans notre marmite, mais qui créait de beaux décors. « Son prénom c'est Couleur » dit Vlachkine, toujours plein d'à propos.

Je fais allusion à tout ça pour te montrer que ce n'était pas la solitude qui risquait de faire perdre la tête à ta bonne vieille tante. Dans ces années turbulentes j'avais des amis parmi les gens intéressants qui m'admiraient pour cause de jeunesse et parce que je savais écouter comme personne d'autre.

Les actrices — Raisele, Marya, Esther Leopold —ne s'intéressaient qu'au lendemain. C'étaient des riches qui leur couraient après, des producteurs, l'industrie du vêtement tout entière ; leur passé c'est le coussinet à épingles mais leur futur le chas d'une aiguille. Finalement vint le jour où je fus incapable de garder mon tact dans la bouche. Je dis : « Vlachkine, un pigeon voyageur m'a dit que tu as une femme, des enfants, toute la panoplie quoi ! ».

« Exact, je ne raconte pas d'histoires. Pas de faux-semblants ».

« Ce n'est pas la question. A quoi elle ressemble cette dame ? Ça me coûte de demander mais je voudrais savoir, Vlachkine... J'y vois pas très clair dans ce qu'est la vie d'un homme ».

« Petite fille, je te l'ai dit cent fois, cette modeste pièce est le couvent de mes tourments. Je viens retrouver ici le hâvre de ton innocence pour me recréer au sein d'une vie de douleur ».

« Ach, Vlachkine, sérieusement, qui est cette dame ? ».

« Rosie, c'est une femme de bien issue des classes moyennes, une bonne mère pour mes enfants, ils sont au nombre de trois, que des filles ; c'est une bonne cuisinière qui a été belle dans sa jeunesse mais qui a perdu sa jeunesse. Tu vois pourrais-je être plus franc que cela ? C'est mon âme, ma chérie, que je te confie ».

Il fallut encore quelques mois, au bal du Nouvel An donné par le Club des Artistes Russes, pour que je rencontre Mrs Vlachkine, une femme aux cheveux noirs tirés en chignon sur la nuque, raide et fière comme la justice. Elle était assise à une petite table et parlait d'une voix grave à tous ceux qui s'arrêtaient un instant pour causer. Son yiddish était parfait, chaque mot avait le tranchant d'un diamant taillé. Je l'ai regardée. Elle me prêta la même attention qu'aux autres, avec la froideur d'un matin de Noël. Puis elle en eut assez. Vlachkine appela un taxi et je ne l'ai plus jamais revue. Pauvre femme qui ne savait pas qu'on jouait dans la même scène. J'étais le poison à ses côtés et elle n'en avait pas la moindre idée.

Plus tard, ce soir-là, sur le pas de ma porte je dis à Vlachkine : « Terminé. Je ne veux pas de ça. Tout ça me rend malade. Je ne suis pas quelqu'un à briser des ménages ».

« Petite », dit-il « ne dis pas de bêtises ».

« Non, non, au revoir, bonne chance », dis-je. « Je suis sincère ».

Je suis allée passer une semaine de vacances chez Maman où j'ai vidé tous les placards et nettoyé les murs jusqu'à ce que la peinture vienne. Elle m'était très reconnaissante mais ça ne l'a pas empêchée de dire à cause de la dure vie qu'elle menait : « Bon, on en voit la fin. Si tu veux vivre à la cloche, c'est qu'il y a quelque chose qui ne tourne pas rond chez toi ».

Après ces quelques jours, je repris ma vie à moi. Quand nous nous sommes rencontrés, avec Vlachkine, nous nous sommes dit seulement bonjour et au revoir et puis, pendant quelques longues et tristes années, rien qu'un signe de tête comme pour dire, « oui, je sais qui tu es ».

Pendant ce temps-là une stratégie entièrement nouvelle se développait sur le terrain. Ta mère et ta grand-mère rabattaient des garçons. Ton propre père avait un frère, tu ne l'as jamais vu. Ruben. Un type sérieux, son idéalisme était tout ce qu'il avait à se mettre sur le dos. « Rosie, je t'offre une nouvelle vie, grande, libre, heureuse et inhabituelle ». Comment ça ? « Auprès de moi ; nous irons remuer les sables de la Palestine pour construire une nation. C'est la terre de l'avenir, pour nous les Juifs ». « Ah, Ah, Ruben, j'attendrai donc l'avenir ». « Rosie » s'écrie Ruben, « Nous avons besoin de fortes femmes comme toi, des mères et des fermières ». « Tu ne me la fais pas, Ruben, ce que tu veux c'est des chevaux de trait. Mais alors il te faut plus d'argent que tu n'en as ». « Je n'aime pas ton attitude, Rose ». « Dans ce cas, va et multiplie-toi. Au revoir ». Puis un autre type : Yonkel Gurstein, grand style, une figure de mode, avec une nature volcanique. A cette époque — j'ai l'impression que c'était hier — les sous-vêtements des filles, c'était Verdun. Mais pour lui ça tombait en quelques secondes. Mais où donc ce petit juif-là s'était-il entraîné ? Je suppose que de nos jours c'est plus facile, Lillie ? Mon Dieu, je ne te demande rien — ne fais pas ta Sophie...

A l'heure qu'il est, tu dois commencer à savoir, ma chérie, que quoi que tu fasses, la vie ne s'arrête pas. Elle fait une petite pause et il y a un peu de rêve.

Pendant tout le temps que je répondais « Non, non, non » à tous ces jeunes sots, Vlachkine faisait quelques tournées en Europe... Moscou, Prague, Londres, et même Berlin — une ville déjà pleine de pessimisme. A son retour il écrivit un livre, que vous pourriez emprunter à la bibliothèque, intitulé *L'acteur juif à l'étranger.* Si un jour tu portes un peu d'intérêt à mes jours de solitude, tu pourrais le lire. Tu pourrais peut-être y humer le parfum de cet homme. Non, non, il ne parle pas de moi. Qui suis-je, après tout ?

Le livre paru, je l'ai abordé dans la rue pour le féliciter. Mais comme je ne suis pas une hypocrite, je lui ai aussi fait remarquer l'égotisme de nombreux passages — même les critiques avaient fait des remarques dans ce sens.

« Ça coûte rien de parler », me répondit Vlachkine « Mais les critiques, c'est quoi ? Dis-moi un peu ce qu'ils créent ? Pour ne rien dire » poursuivit-il « de ce vers de Shakespeare dans l'une des pièces tirées de la grandiose histoire de l'Angleterre. « L'amour de soi, maître, n'est pas péché si vil que le mépris de soi ». Idée que l'on retrouve, à l'époque moderne, chez les moralistes adeptes de Freud... Rosie, est-ce que tu m'écoutes ? Tu m'as posé une question. A propos, tu as l'air d'aller très bien. Mais je ne vois pas d'alliance à ton doigt ? »

Je m'éloignai, les larmes aux yeux, brisée par cette conversation. Mais cet échange dans la rue eut l'heureux effet d'ouvrir la voie à d'autres discussions. Portant sur bien des choses... Par exemple, la direction du théâtre — dans son étroitesse d'esprit — refusait désormais de lui confier certains rôles de jeunes gens. Les imbéciles. Quel jeune homme pouvait en savoir assez sur la vie pour être aussi jeune que lui ?

« Rosie, Rosie », me dit-il un jour, « je vois sur l'horloge de ton frais visage que tu dois avoir trente ans ».

« Les aiguilles se meuvent lentement, Vlachkine. Il y aura une semaine jeudi que j'ai eu trente-quatre ans ».

« C'est vrai ? Rosie, tu m'inquiètes. J'avais l'intention de te parler. Tu perds ton temps. Tu comprends ça ? Une femme ne devrait pas perdre son temps ».

« Oï, Vlachkine, dis-moi, si tu es mon ami, ce qu'est le temps ».

Il n'avait pas de réponse à ça, il ne put que me regarder, tout surpris. Au lieu de ça nous allâmes, pleins de curiosité mais à une allure plus posée qu'auparavant, à ma nouvelle chambre de la quatre-vingt-quatorzième rue. Aux murs, les mêmes photographies, toutes de Vlachkine mais maintenant tout était peint en noir et rouge, ce qui ne manquait pas de style et j'avais refait les sièges.

Il y a quelques années parut un livre écrit par un autre membre de cette belle troupe, une actrice, celle qui apprit très bien l'anglais et monta dans les quartiers chics —Marya Kavkaz, un livre dans lequel elle dit un certain nombre de choses à propos de Vlachkine. Par exemple, qu'il avait été son amant pendant onze ans et qu'elle n'avait pas honte de mettre ça par écrit. Sans respect pour lui, pour sa femme et ses enfants ou même d'autres personnes qui peuvent être sensibles à cette affaire.

Ne sois donc pas surprise, Lillie. C'est un fait — un fait de la vie comme on dit. L'âme d'un acteur doit ressembler à un diamant. Plus elle a de facettes plus son nom est glorieux. Ma chère, tu vas sans doute aimer et épouser un seul homme, tu auras deux enfants et tu seras heureuse jusqu'à la fin de tes jours de misère. Les gens comme nous n'ont pas à chercher plus loin. Mais un grand artiste comme Volodia Vlachkine... Pour s'imposer sur scène, il lui faut de l'entraînement. Maintenant je comprends ; pour lui la vie n'est qu'une répétition.

Moi-même, quand je l'ai vu dans *Le Beau-Père* —il jouait un homme mûr épris d'un amour de jeune fille, la fille de son fils, jouée par Raisele Maisel — j'ai pleuré. Ce qu'il disait à cette fille ! Quelle tendresse dans ce qu'il lui glissait à l'oreille, comme on pouvait lire l'ardeur de ses sentiments sur son visage... Lillie, tout ce qu'il avait ressenti auprès de moi. C'étaient les mêmes mots. Tu peux imaginer ma fierté.

C'est comme ça que l'histoire chemine vers sa conclusion.

Je l'ai d'abord observé sur le visage de ma mère, les pâles graffiti du temps, gribouillis sur ses joues, le long des lignes du front — même un enfant pouvait les déchiffrer : ils disaient « vieille, vieille, vieille ». Mais mon cœur souffrait surtout de voir ces réalités griffonnées sur la merveilleuse expression de Vlachkine.

D'abord la troupe se dispersa. Le théâtre ferma. Esther Leopold mourut de grande vieillesse. Krimberg eut une crise cardiaque. Marya alla à Broadway. Et Raisele prit le nom de Roslyn et fit un vrai malheur dans des rôles comiques au cinéma. Vlachkine lui-même, ne sachant où aller, prit sa retraite. On put lire dans le journal que, « acteur sans égal, il allait écrire ses mémoires et passer les dernières années de sa vie au sein de sa famille, parmi de vigoureux petits enfants, sous l'œil apitoyé de sa tendre épouse , choyé comme la prunelle de ses yeux ».

Ça, c'est du journalisme.

Nous organisâmes un grand dîner en son honneur. Au cours de ce dîner, je lui dis, pour la dernière fois — je le croyais du moins : « Au revoir, vieil ami, thème de ma vie, nous nous quittons ici ». Et j'ajoutai, pour ma propre gouverne : Terminé. Voici ton lit de solitude. Une dame communément appelée grasse et mûre. C'est toi qui l'as fait ce lit. De ce lit de solitude tu tomberas un jour dans un lit moins solitaire, jonché seulement de milliers d'ossements.

Et la suite ? Lillie, je te la donne en mille.

La semaine dernière, pendant que je lavais mes dessous dans le lavabo, je reçois un coup de fil. « Excusez-moi. Est-ce que je pourrais parler à Rose Lieber qui fut jadis en rapport avec le Théâtre d'Art Russe ? »

« Elle-même ».

« Bon, bon, comment vas-tu, Rose ? C'est Vlachkine à l'appareil ».

« Vlachkine ! Volodia Vlachkine ? »

« Certainement. Comment vas-tu, Rose ? »

« Je suis en vie, Vlachkine, merci ».

« Tu vas bien ? C'est vrai, Rose ? Tu es en bonne santé ? Tu travailles ? »

« Si on considère le poids qu'il lui faut transporter, ma santé est de première. Depuis quelques années, je suis de retour à la case départ, dans le prêt-à-porter de fantaisie ».

« Très intéressant ».

« Ecoute, Vlachkine, dis-moi la vérité. Qu'est-ce que tu as derrière la tête ? »

« Derrière la tête ? Rosie, je reprends contact avec une vieille amie, une chaleureuse compagne des jours plus heureux. Ma situation, à ce propos, a changé. Je suis à la retraite, comme tu le sais. Je suis, également, un homme libre ».

« Quoi ? Qu'est-ce que tu veux dire par là ? »

« Madame Vlachkine a demandé le divorce ».

« Qu'est-ce qui lui a pris ? Tu t'es mis à boire ou quoi ? Par tristesse ? »

« Elle demande le divorce pour cause d'adultère ».

« Mais, Vlachkine, excuse-moi, je t'en prie, et ne le prends pas mal, mais tu m'as eue dix-sept ou peut-être dix-huit ans et même pour moi, tout ce baratin — ces foutaises et ces cauchemars — c'est surtout pour le plaisir de la conversation ».

« Je lui ai fait remarquer tout ça. Ma chère, je lui ai dit, j'ai fait mon temps et j'ai le sang aussi sec que les os. Mais le fait est, Rose, qu'elle n'a pas l'habitude d'avoir un homme dans ses jupes toute la journée qui lit le journal à voix haute en commentant les événements intéressants de notre monde et en attendant son petit déjeuner puis son déjeuner. Sa colère ne fait que monter dans la journée et quand vient le soir c'est une vieille furie qui me sert mon dîner. Et elle poivre ma soupe avec toutes les histoires qu'elle a apprises depuis cinquante ans. Il est certain qu'il y avait un Judas dans ce théâtre, qui ne cessait de dire « Vlachkine par ci, Vlachkine par là » et pendant que ses sourires revigoraient mon cœur, il était au téléphone en train de mettre ma femme au parfum ».

« Quelle fin idiote, Volodia, pour une histoire si enlevée. Qu'est-ce que tu comptes faire ? »

« Tout d'abord, puis-je t'inviter à dîner et t'emmener au théâtre — quartiers chics, bien entendu ? Après... nous sommes de vieux amis. J'ai de l'argent à claquer. Ce que voudra ton cœur. Certains sont comme l'herbe, l'Aquilon du temps leur a arraché le cœur. De toi, Rosie, je n'ai le souvenir que de ta bonté. Ce qu'il faut qu'une femme soit pour un homme, tu l'as été pour moi. Crois-tu, Rosie, qu'une vieille paire d'amis comme nous pourrait encore passer quelques bons moments au sein des matérialités de ce monde ?»

Ma réponse, Lillie, fut rapide et claire. « Oui, oui, monte », dis-je. « Appelle la chambre par le standard ; nous parlerons ».

Alors il est venu ce soir-là puis tous les autres soirs de la semaine et nous parlâmes de sa longue vie. Un homme fascinant, jusqu'à la fin des temps. Et comme tous les hommes, essayant de s'en sortir indemne jusqu'à la fin des temps.

Il me dit l'autre jour : « Ecoute-moi, Rosie, tu te rends compte que j'ai été marié à ma femme presque un demi-siècle. Et à quoi bon ? Regarde l'amertume. Plus j'y pense, et plus je pense qu'il serait idiot que nous nous mariions ».

« Volodia Vlachkine », je lui dis sans détour, « quand j'étais jeune j'ai réchauffé ton dos pendant bien des nuits, sans te poser de questions. Tu reconnaîtras que je n'ai rien demandé. J'avais le cœur tendre. Je ne voulais pas qu'on dise de moi Rosie Lieber la terreur des ménages. Mais aujourd'hui, Vlachkine, tu es libre. Comment oses-tu me demander de prendre des trains avec toi pour t'accompagner dans des hôtels inconnus, parmi des Américains, sans être ta femme ? Honte à toi ».

Alors maintenant, Lillie chérie, tu vas aller raconter cette histoire à ta maman pour qu'elle l'entende de ta jeune bouche. Moi, elle ne m'écoute pas. Pas un mot. Elle ne fait que hurler : « je vais m'évanouir, je vais m'évanouir ». Dis-lui qu'après tout, je vais avoir un mari, et, chacun le sait, c'est quelque chose qu'une femme doit avoir au moins une fois avant la fin de l'histoire.

Mon Dieu ! Je suis déjà en retard. Embrasse-moi. Après tout je te regarde grandir depuis que tu étais une petite graine. Alors fais-moi quelques souhaits pour le jour de mon mariage. Une vie longue et heureuse. De longues années d'amour. Serre Maman dans tes bras et dis lui de la part de Tante Rose, au revoir et bonne chance.

Jeune femme, vieille femme

Ma mère naquit, il n'y a pas très longtemps, de ma grand-mère qui donna leur nom à bien d'autres enfants, garçons et filles, en repartant chaque fois à zéro. Ce n'était pas tant par amour, disait ma grand-mère, mais de toutes façons elle avait jamais pu appeler un chat un chat. Elle avait de l'imagination plein la tête, elle lisait des histoires du matin au soir et elle soupirait toute la nuit, jusqu'à ce que mon grand-père, pour pouvoir l'approcher, soit obligé d'utiliser les ressources de la langue.

A la base, c'était ça le problème. Ma mère était triste d'être entourée de frères et de sœurs parmi lesquels personne n'avait une meilleure nature qu'elle. Tout ça, ça vient de cette théorie de la violence ambiante — guerres, trahison, foyers brisés, la vie moderne et le règne de l'irréductible. Pour faire face à son problème, ma mère hurlait.

Elle jure qu'elle hurlerait pas si elle avait un homme à elle, mais tous les oncles et toutes les tantes, mariés ou solitaires, tous jusqu'au dernier, faut que ça fasse du bruit. Mon grand-père ne se contente pas de faire du bruit, il fout des raclées aux gens, juste les membres de la famille, bien sûr. Ma mère a pris son paquet chaque jour de sa sainte vie. Si jamais quelqu'un levait la main sur moi, y'aurait intérêt à aller aux abris.

Grand-mère économise la petite monnaie pour

nous tous. Mon oncle Johnson est chez les dingues. Les autres sont toujours des nôtres mais tante Liz a dix-sept ans et ma mère lui parle comme si elle avait fini sa croissance. Pas plus tard que l'autre jour, elle lui a dit qu'elle crevait d'envie d'un homme, un vrai, et qu'elle en avait par-dessus la tête d'élever deux filles dans un monde hérissé de foutus symboles phalliques. Lizzy a dit « oui, elle savait de quoi il retournait, le temps vous glissait entre les doigs et ce dont vous aviez besoin c'était une main douce et forte sous la jupe ». C'est le genre de choses qu'encaisse l'acoustique de notre poulailler.

Mon père — on a dû me le dire plusieurs centaines de fois, était un de ces superbes Latins. Plein de *savoir-faire, de joie de vivre* et tout le bataclan. Ils furent profondément amoureux jusqu'à ce que Joanna et moi annulions tout ça. Maman ne veut pas que je me sente rejetée mais elle ne veut pas se sentir rejetée non plus, alors elle raconte que c'était moi qui faisais trop de bruit et qui pleurais nuit après nuit. Puis Joanna porta le coup de grâce ; elle réclamait la tétée jour et nuit. «... Une épouse », disait-il, « est une maîtresse adorée jusqu'à l'arrivée des enfants et alors... » Il laissait ça en suspens, en français mais chaque fois que j'entendais *les enfants,* je lui jetais des jouets parce que je devinais l'intention péjorative. A la place, il disait *les filles* mais j'ai tout de suite éventé la feinte. On le bombardait de cris et de jouets mais l'idée de maman c'est que c'était notre affection qui lui pesait et un jour il n'est pas rentré dîner à la maison.

Maman l'a attendu en lisant *Le Monde* mais il n'est pas rentré à minuit pour faire l'amour. Il a sauté le petit déjeuner et le déjeuner du lendemain. Où est-il maintenant ? Tué dans la résistance dit Maman. Une carte postale quinze jours plus tard lui disait et d'ailleurs continue à nous dire chaque fois qu'on la fait circuler de main en main : « La France me manquait depuis cinq ans. Et maintenant c'est vous qui allez me manquer pendant le reste de mes jours ».

« Tu t'es fait baiser, Maman », dis-je un jour pendant qu'on préparait le dîner.

« Baiser ? », murmura-t-elle. « Nous ne parlons pas la même langue. Tu ne connais rien à rien, tu n'étais même pas née. Tu sais très bien que, malgré mon malheur, je prendrais un autre Français — Oh ! Joséphine », continua-t-elle, sa voix approchant littéralement le mur du son, « Oh, Joséphine, dans ce pays misérable, aux yeux de ces moins que rien, je suis une baudruche, une vraie rigolade. Mais là-bas, ils sauraient que je suis l'une des leurs. Ils sentiraient en moi cette turbulence que je leur offrirais. J'ai beau estropier la langue, en français, je serais un Shakespeare, je te jure ».

Je me détournai, désespérée. J'avais envie de pleurer.

« Ne ris pas », dit-elle, « un jour je vais jouer la fille de l'Air-France et vous surprendre tous avec un joli petit Français bouclé tout pareil à votre papa. Oh, comme vous auriez aimé votre père. Une adolescente qui grandit avec un homme comme ça dans les parages. Tu me remercierais ».

« Je te remercie de toutes façons, ma chère maman », j'ai répondu « mais chacun ses goûts. Quand j'aurai l'âge de Tante Lizzy, peut-être que j'aimerai les soldats américains. Ou bien alors un marine. J'ai déjà du goût pour quelques soldats, le Caporal Brownstar en particulier ».

« Parce que ton idée d'un homme, c'est ça ? », demanda Maman, la voix éraillée par le mépris.

Puis elle revint sur son examen du Caporal Brownstar. « Eh bien, tu as peut-être raison. Ces bottes puissantes... Très viril ».

« Oh ? »

« Oui, je sais. Je suis une artiste et il m'arrive d'avoir deux opinions contraires à la fois. Je sais que Lizzy sort avec lui et ça me fait quelque chose. Si tu regardes Lizzy, tu vas voir exactement la jeune fille que ton père vit à l'époque. C'est moi, tête coupée. Une démarche admirable, un fantastique tonus musculaire. Elle pouvait avoir tous les hommes qu'elle voulait ».

« Elle en a déjà eu quelques-uns ».

A ce moment précis, ma grand-mère, un vrai banquier volant, entra en montrant fièrement les 4 dollars 65 cents qu'elle avait économisés pour nous.

« Pouh ! J'ai tellement chaud », soupira-t-elle. « Bon, les voilà. Et maintenant, un bon dîner. Fais un petit effort, je t'en prie, Marvine. Josie, cours donc chercher un avocat et Marvine, je t'en prie, ne plains pas le beurre. Josie chérie, il fait horriblement chaud dehors, ta maman ne t'en voudra pas. Tu es presque une jeune femme. Ça te dirait une gorgée de bière glacée ? ».

Ça, c'est du respect ou je ne m'y connais pas. Pour lui rendre le compliment, je bus un demi-verre bien que je déteste les bulles. On a grillé, fait bouillir, tranché et émincé, ce fut un merveilleux dîner. Je m'occupais de la cuisson, Maman des sauces. On l'a écœurée avec des souvenirs d'un autre balthazar qui lui mettait l'eau à la bouche et, emportée par nos flatteries, elle fit une sauce de trop que nous mangeâmes au dessert sur des crackers avec du *café au lait* glacé. Pendant que je débarrassais la table, Joanna, qui fait toujours la câline, s'assit sur les genoux de grand-mère pour lui raconter tous les incroyables détails de son séjour de huit heures en colonie de vacances.

« Les femmes », dit grand-mère qui goûtait pleinement la situation « ont été le plaisir et la consolation de ma vie tout entière. J'ai tout de suite chéri toutes ces petites filles avec leur frimousse bien propre et leurs oreilles bien ouvertes... »

« Les hommes ne sont pas pareils que les femmes », dit Joanna, et c'est tout ce qu'elle dira dans le courant de l'histoire.

« C'est vrai », dit grand-mère, « c'est les hommes qui m'ont toujours troublée. Les hommes et les petits garçons... Je suppose que je ne les comprends pas. Mais quand on y pense en succession, à cette enfilade de garçons, Johnson, Revere et Drummond... après tout c'est bien à moi que tout ça remonte. Mais tous, tous, ils sont tous partis, tous et chacun, loin des yeux et loin du cœur ».

« Ah, grand-mère », dis-je, dans l'espoir d'apporter une consolation, « ils étaient tous tellement ronchons. Ils ne me manquent pas du tout ».

Grand-mère me jeta un coup d'œil bien malheureux. « Les fils de tout le monde sont comme ça », expliqua-t-elle. « D'abord ronchons, puis disparus ».

Après ça, elle resta assise à sa place, enfermée dans son douloureux chagrin. Joanna se lova à ses pieds sur le coussin, l'enlaçant affectueusement avant de s'endormir. Maman sortit du tabouret du piano son exemplaire du *Monde* datant de la semaine précédente et se calma à la lecture d'un reportage sur un fermier provençal qui avait violé sa nièce, tué sa mère et mené une vie tranquille et heureuse pendant trente-huit ans après ça jusqu'à un âge avancé, au milieu du respect général avant qu'un préfet de police fouineur ne découvrît le pot aux roses. Elle nous en donna une traduction en dérivés de notre langue maternelle pendant que je faisais la vaisselle.

La nuit vint et la communication fut enfin rétablie par la sonnette de la porte d'entrée qui ne manque pas trop d'initiative. C'était Lizzy et elle amenait avec elle le Caporal Brownstar. On envoya Joanna chercher de la bière et des sodas et on se mit à danser sans plus tarder. Je me glissai en douce dans la chambre, me passai plusieurs couches de rouge à lèvres, soigneusement étalé sur ma grande bouche, et enfilai un soutien gorge pigeonnant pour cacher mes côtes et lui faire comprendre que j'étais plus âgée que Joanna.

Il me dit : « Tu es un vrai chou et un jour tu seras un sacré brin de fille, Alice au Pays des Merveilles ».

« Je suis déjà une vraie fille, Caporal ».

« Hum », dit-il en me serrant la fesse gauche.

Lizz fit passer le punch, offrit des crackers Ritz, dansa avec Maman et Joanna chaque fois que le Caporal dansait avec moi. Elle était ravie de voir le succès qu'il avait et dans son bonheur, elle se rendit à peine compte que c'était le seul homme de la soirée. La fête battait son plein et tout à coup il dit : « Vous pouvez m'appeler Browny ».

On a chanté des chansons de l'armée de l'air jusqu'à deux heures du matin et grand-mère a dit que depuis sa guerre les chansons n'avaient guère changé. « Pourtant les soldats ont rajeuni », dit-elle. « Mon p'tit gars, t'as l'air d'un petit garçon qui cause encore des soucis à sa maman ».

« Pas de raison de se faire du souci pour moi, j'ai plus d'une corde à mon arc. En fait j'avance sans cesse. De la tête à la queue », dit-il en faisant un clin d'œil à Lizzy. « Tout va bien pour moi... A propos » continua-t-il « Ça vous serait-il possible de me loger ? Ça ne me dérange pas de dormir par terre ».

« Par terre ? », s'exclama Maman. « Vous avez perdu la tête ? Un soldat de la République. Mon Dieu ! Nous avons un lit pliant. Vous savez... un lit de campagne. Installez-le et dormez du sommeil du juste, Caporal ! »

« Oh ! Bonté divine », dit grand-mère dans un baillement « à propos de lit — Marvine, ton père doit être rentré à l'heure qu'il est. Il vaudrait mieux que je m'en aille ».

Browny décida que la courtoisie voulait qu'il accompagne Lizzy et grand-mère jusque chez elles. Le temps qu'il revienne, maman et Joanna s'étaient mutuellement enlacées de leurs bras de pauvres solitaires et s'étaient endormies.

Je l'observai en douce de derrière les rideaux tandis qu'il se débarbouillait sans la moindre considération pour sa peau. Puis, nu et luisant, il se glissa tout entier entre les draps.

Je me déchaussai et entrai dans la cuisine sur la pointe des pieds. Je lui versai une bière fraîche. Je m'avançai vers lui et m'assis à côté de lui. « Voici une bonne petite bière, Browny. J'ai pensé que tu aurais peut-être chaud après une aussi longue marche ».

« Hé bé, hé bé, merci Mademoiselle Alice du Palais des Petits Pâtés et Pets de Nonne ; il se trouve justement que je suis pas mal échauffé. T'es une vraie copine ».

Il se souleva un peu et avala sa bière d'un seul coup. Mes yeux descendirent jusqu'à son nombril. Il posa le verre vide sur le sol et me lança un demi sourire. Il me rota au nez, en manière de plaisanterie et il fallut bien alors que je dise la vérité. « Oh, Browny », dis-je « je t'aime tant ». Je jetai mes bras autour de sa taille et enfouis mon visage dans les poils dorés de sa poitrine.

« Hé ! Petit pâté, vas-y mollo. Je t'aime bien aussi. Tu es un chou ».

Alors je l'ai embrassé en plein sur la bouche.

« Joséphine, mais qui diable t'a appris ça ? »

« Je me le suis appris toute seule. Je me suis entraînée sur mon poignet. Tu vois ? »

« Joséphine ! », répéta-t-il. « Joséphine, tu es une menteuse. Tu es une sacrée foutue menteuse ! »

Après ça, son affection augmenta et il me prit dans ses bras à son tour et m'embrassa en plein sur la bouche.

« Hé bien ! », dis-je en rigolant, « qui t'a appris ça ? Lizzy ? »

« Tais-toi », dit-il, et plus il m'aimait moins il voulait de conversation.

Je m'allongeai à côté de lui et je fus vraiment surprise de voir comment un homme est transformé par ses sentiments. Il m'aima en long et en large et pour lui montrer que je comprenais bien ce qu'il voulait je murmurai : « Browny, qu'est-ce que tu veux ? Browny, tu veux vraiment ? » Hé bien ! Il sauta hors du lit, s'enroula dans ses draps et se mit à grommeler : « Oh, nom de Dieu !... Oh », il disait, « je pourrais être arrêté. Je pourrais être ramassé par la police militaire et passer le reste de ma vie en prison ». Il me regarda. « Par pitié, boutonne ton corsage. Ta mère va se réveiller ».

« Browny, qu'est-ce qui se passe ? »

« Tu es une enfant et tu es drôlement trop futée pour ton âge. Tu ne comprends pas ? une affaire comme celle-ci pourrait détruire ma vie ».

« Mais Browny... »

« Les ennuis que je pourrais avoir ! Je pourrais finir en taule. Tu n'es qu'un bébé. C'est une plaisanterie. On peut bien sûr épouser un bébé dans ton genre mais poser la main sur ton épaule c'est un délit. C'est drôle, pas vrai ? »

« Oh, Browny, j'adorerais être mariée avec toi ».

Il s'assit sur le bord du lit et m'attira sur ses genoux. « T'es quand même une drôle de gosse. Tu m'aimes vraiment tant que ça ? »

« Je t'aime. Je ferais une femme de première, Browny — est-ce que tu te rends compte que c'est moi qui m'occupe de tout ici ? Quand Maman ne travaille pas, elle passe tout son temps à ressasser son histoire avec Papa. C'est moi qui coiffe Joanna tous les jours. C'est moi qui repasse ses robes. Je pourrais même te faire un bébé, Browny. Je sais exactement comment... »

« Non ! Oh ! Non ! Ne te laisse jamais baratiner. Pas avant que tu aies dix-huit ans. Il faut que tu restes pure comme une poupée jusqu'à dix-huit ans ; il ne faut pas que tu te fasses tendre la peau du ventre jusque là ».

« Browny, tu ne languis pas dans ce foutoir ? Je veux dire quand Lizzy n'est pas là et que je ne suis pas là... Dis moi, est-ce que j'ai un joli corps ? »

« Ben, je suppose... », il se mit à rire et glissa sa main bien au chaud sous mon corsage. « C'est un sacré joli petit corps, compte tenu du fait qu'il est pas tout à fait achevé ».

Je ne pouvais plus résister à mon désir et je l'embrassai encore une fois en plein sur sa bouche pleine de paroles et j'ai même heurté ses dents. « Oh, Browny, je m'occuperai si bien de toi ».

« D'accord ! D'accord ! », dit-il, en me repoussant avec gentillesse. « Bon, écoute, va te coucher avant que le couvercle de la marmite ne saute. Va te coucher. Tu es une bonne gosse. Dors et ça ira mieux. T'es pas près de savoir comme le monde est grand. Même moi, ça m'a surpris ».

« Mais j'ai pris ma décision ».

« Va te coucher, va te coucher », dit-il en me tapotant la main qu'il tenait encore. « Tu ressembles presque à Lizzy maintenant ».

« Oh, mais je suis différente. Je sais exactement ce que je veux ».

« Va te coucher, petite fille », dit-il pour la dernière fois. Je lui ai pris la main et j'ai embrassé le bout de chacun de ses doigts bruns puis j'ai couru jusqu'à ma chambre, j'ai quitté tous mes vêtements, et, aussi nue que mon âme solitaire, je me suis endormie.

Le lendemain était un samedi, ce qui me faisait bien plaisir. Maman travaille comme serveuse tout le week-end au Café de Paris où les garçons lui apprennent le français depuis la disparition de Papa. Elle a de la chance parce que son travail lui plaît vraiment ; elle adore les clients, le café, le décor et elle ne se sent malheureuse que quand elle revient à la maison.

Je lui ai servi son petit déjeuner sur la véranda de devant vers dix heures du matin et Joanna l'a accompagnée jusqu'à l'autobus. « Prépare des saucisses congelées pour le Caporal », cria-t-elle sans mettre aucun excès dans sa voix.

J'espérais qu'il se réveillerait pour qu'on puisse se

remettre un peu à l'amour mais au lieu de ça, Lizzy franchit le seuil branlant de notre maison. « Je suis venue préparer un petit déjeuner pour Browny », dit-elle d'un ton tranchant.

« Ah ? » Je la regardai droit dans les yeux avec cet air qu'ont les enfants. « Je crois que c'est à moi que ça revient, Tantine Liz, parce que lui et moi allons probablement nous marier. Dans ces conditions, ne crois-tu pas que c'est à moi que ça revient ? »

« Quoi ? Répète lentement, veux-tu, Joséphine ? »

« Tu m'as entendue, Tantine Liz ».

Elle se laissa tomber sur les marches en un seul tas comme une jupe ballon. « Même moi je ne me sens pas assez âgée pour me marier et pourtant j'ai dix-sept ans depuis Noël. Est-ce qu'il t'a vraiment demandé ta main ? »

« Nous en avons discuté », dis-je et ça, c'était vrai. « Je suis amoureuse de lui, Lizzy ». Les larmes troublaient ma vue.

« Ah ! L'amour... Je suis tombée amoureuse douze fois depuis le temps où j'avais ton âge ».

« Ce n'est pas mon genre, j'ai fixé mon choix sur Browny. Je vais trouver du travail et je pourrai l'envoyer à l'Université quand son service sera fini... Il est très intelligent ».

« Oh, l'intelligence... tout le monde est intelligent ».

« Non, pas tout le monde ».

Après son départ j'ai embrassé Browny sur les deux yeux, comme la Belle au Bois Dormant ; il s'est étiré et s'est réveillé dans une explosion de faim.

« Mon petit déjeuner ! mon petit déjeuner ! », hurlait-il.

Je l'ai nourri et il m'a dit : « Oh là là, les copains s'en payeraient une bien bonne à me voir piller les berceaux comme ça ».

« Il ne faut pas réagir comme ça. Je fais bonne impression sur les gens, Browny. Il y a beaucoup d'hommes plus adultes que toi que j'ai mis dans tous leurs états ».

« Ha ha », fit-il.

Je l'ai forcé à changer ses façons de rire et je l'ai lancé avec quelques baisers et nous avons passé une joyeuse matinée.

« Browny », dis-je au cours du repas de midi, « je vais dire à Maman que nous allons nous marier ».

« Tu trouves pas qu'elle a assez d'ennuis comme ça ? »

« Non, non », dis-je. « Elle est entièrement en faveur de l'amour. Elle en raffole ».

« Bon, réfléchis une minute, face d'ange. Après tout, je peux être envoyé dans une région dangereuse et être descendu par un fou d'indigène. On lit des histoires de ce genre tous les jours. Et puis, de toutes les façons, ce serait peut-être plus drôle de garder nos fiançailles secrètes pendant quelque temps ? Qu'est-ce que tu en penses ? »

« Très peu pour moi », dis-je, me rappelant tout ce que Liz m'avait dit de l'opportunisme des hommes et comment ils sont capables de consacrer avec toutes les apparences de l'amabilité, trente jours et trente nuits de sommeil et de veille, trente jours et nuits de vérités et de trahisons, pour obtenir un instant de plaisir. « Des fiançailles secrètes ! Ça conviendrait peut-être à certaines mais pas à moi ».

C'est alors que j'ai compris qu'il m'aimait bien, parce qu'il a fait le tour de la table, s'est mis à jouer un instant avec les boucles de ma permanente, faite maison, et qu'il a murmuré : « Ça ferait bien rire les copains mais quand je te vois, c'est vraiment la grande explosion ».

Ensuite, je ne fus plus aussi sûre qu'il m'aimait parce qu'il regarda sa montre et demanda : « Putain ! où est passée Lizzy ? »

Il fallait que j'aille faire les courses et que mon innocence fasse patienter quelques commerçants locaux, la principale corvée du samedi. J'ai fait tout ça au pas de course. Ça ne m'a pas pris longtemps, mais pendant que je montais l'escalier en traînant mon sac de marche en marche et alors que j'entrais dans le vestibule, je surpris les derniers échanges d'une assez vive conversation. Browny disait juste : « c'est ta faute, Liz ».

« Je m'en fous », dit-elle. « Je suppose que ça t'amuse de jouer au chat et à la souris avec une petite fille ».

« Oh non, tu ne vois pas du tout... »

« Je ne peux pas dire que j'y tienne ».

« Bon Dieu de bon Dieu », dit Browny, « tu n'écoutes pas quand on te parle. Je trouve que t'es merdique ».

« Vraiment ? » Elle se retourna pour partir, me flanqua la porte moustiquaire sur le nez et m'écrasa le pied avec le talon de sa chaussure couleur lavande.

« Dis à ta mère que c'est d'accord », gueula Browny quand il me vit.

« Cette Liz, c'est de la merde, nom de Dieu. Annonce la nouvelle à ta mère dès ce soir ».

J'ai fait de mon mieux pendant cette après-midi pour que Browny montre un peu plus d'amitié. Je me suis assise sur ses genoux ; il a bu de la bière et il m'a chatouillée. Je riais et bientôt je compris les règles du jeu et aussi la variété qu'il fallait introduire, alors je lui échappais en poussant des cris jusqu'à ce qu'il puisse m'attraper dans un endroit confortable, sur le divan de la salle de séjour ou dans ma chambre à moi.

« T'es au poil », dit-il. « Vraiment au poil. Je suis fou de toi, Joséphine. Tu me fais vraiment marrer ».

C'est comme ça que, ce soir-là à neuf heures trente quand Maman revint à la maison, je lui ai fait du thé glacé, je l'ai coincée dans la cuisine et j'ai fermé la porte.

« Je veux te parler du caporal Brownstar et de moi. Ne dis rien, Maman. On va se marier ».

« Quoi ? », dit-elle. « Vous marier ? » Là elle piaillait. « Tu as perdu la tête ? Tu ne peux même pas trouver de boulot sans permis de travail. Tu ne peux même pas l'obtenir, ce papier. Tu n'es qu'une gamine. Tu te moques de moi ? Tu es un petit poisson rouge. Tu n'as pas encore quatorze ans ».

« Bon, mais j'ai décidé qu'on pourrait attendre le mois prochain où j'aurai quatorze ans. Et j'ai décidé qu'alors on pourrait se marier ».

« Mais c'est impossible, bon Dieu ! Personne ne se marie à quatorze ans, personne, tu m'entends ! Pas une âme ! »

« Oh, Maman, bien sûr que si, tu vois ça sans arrêt dans le journal. Le pire qui puisse arriver c'est qu'on en parle dans le journal ».

« Mais je ne m'étais pas rendu compte que tu avais quelque chose à faire avec lui. Il n'est pas à Lizzy ? Ça n'est pas gentil de le lui prendre. C'est un sale coup fourré. Tu n'es qu'une sale hypocrite. Les femmes devraient se soutenir. Tu n'as donc rien appris ? »

« Mais elle ne veut pas se marier et moi si. Et il est essentiel que Browny se marie. C'est un garçon qui mène une vie propre et quand sa permission sera terminée, il ne veut pas retourner aux filles à soldats et aux femmes des autres. Tu ne peux pas ne pas admirer cette chose en lui, Maman, c'est une qualité ».

« Tu n'es qu'un bébé ». C'était comme une litanie. « Tu es mon petit poisson rouge qui glisse entre les doigts ».

Browny manipula le bouton de porte de la cuisine dix minutes trop tôt.

« Oh, entre », dis-je, écœurée.

« Ça marche comment ? Tout réglé ? Qu'est-cc que tu en penses, Marvine ? »

« Qu'est-ce que j'en pense ? Des clous, Caporal ! Qu'est-ce qu'elle a qui va pas, Lizzy ? Elle et toi faisiez vraiment un beau couple. Vous aviez l'air de deux étoiles jumelles dans un ciel d'été. Mais maintenant je me rends compte que j'aime pas trop ton allure. C'est qui ton père et ta mère ? On ne sait pas grand chose d'eux. Pour autant que je sache, tu as un oncle à Alcatraz. Et tes dents sont dans un état lamentable. Je croyais que l'Armée surveillait ces choses-là. Je ne trouve pas que tu sois une telle affaire ».

« Y a pas de quoi devenir insultante, Marvine ».

« Mais c'est un bébé. Et si elle tombe enceinte et se met tout le système en ébullition ? On n'est pas aux Indes. As-tu jamais lu ce qui se passe dans les entrailles des femmes enfants hindoues ? »

« Oh, il est très doux, Maman ».

« Quoi ? », dit-elle. Elle avait compris le pire.

Le colloque continua pendant environ deux heures. Nous bûmes deux pleines carafes de jus de framboise qu'on avait mis de côté pour le douzième anniversaire de Joanna qui tombait le lendemain. Personne n'avait le moindre cent et on n'avait pas pu trouver Grand-mère.

Plus tard, mais, de façon fort convenable, avant minuit, Lizzy fit son apparition. Elle amenait avec elle un lieutenant (stagiaire) et le présenta sous le nom de Sid. Elle ne le présenta pas à Browny, parce qu'elle n'avait cessé de déclarer que les officiers et les appelés ne devraient pas avoir de rapports sociaux. Dès que le lieutenant prit la main de Maman pour la saluer, je vis qu'il était frappé de stupeur. Il se mit à transpirer en longues traînées qui s'inscrivaient le long de son dos et sous ses aisselles, dans la gabardine de son uniforme d'été. Maman était d'humeur maussade et indolente, un de ces états qui allume le brasier chez certains hommes. Ça l'avait toute remuée d'apprendre que ma décision était irréversible et de voir qu'il y avait maintenant dans ma vie des sources d'émotion.

« La France est le berceau de ma vie », lui murmura-t-elle. « Paris, Marseille, des endroits comme ça où les hommes aiment les femmes et ne courent pas après les petites filles ».

« J'ai beaucoup de sympathie pour le tempérament gaulois et ce que j'aime vraiment c'est une vraie femme », dit-il plein d'espoir.

« La sympathie ne fait pas tout ». Sa voix monta au niveau des exigences de sa nature. « C'est d'empathie que j'ai besoin. L'empathie d'un véritable ami est précisément ce qui m'a manqué pendant des années ».

« Oh, oui, je ressens tout cela moi aussi, l'empathie ». Il plongeait jusqu'au plus profond de son cœur, d'où on pouvait à peine l'entendre.

« J'aime qu'une femme ait connu la vie, ait nourri des petits, ait ressenti les douleurs de l'enfantement, ait connu la mort d'êtres aimés... ».

« ... et de l'amour », ajouta-t-elle tristement. « Cela est inhabituel chez un jeune homme favorisé par la nature ».

« Et pourtant, c'est vers cela que me portent mes goûts ». Avec Lizzy et Browny on lui a emprunté un dollar pendant qu'il était plongé dans la stupeur idyllique et nous partîmes chercher des glaces. Nous prîmes Joanna avec nous parce que nous regrettions d'avoir bu toute la réserve de sa fête d'anniversaire.

Quand nous sommes revenus avec une bouteille de soda à la groseille, personne n'était en vue. « Je commence à avoir l'impression d'être une entremetteuse », dit Lizzy.

C'est comme ça que Maman a fini par dire oui. Sa turpitude morale prit un tour si gracieux qu'elle nous donna l'argent pour faire un test de Wassermann. Elle appela le Docteur Gilmar et lui dit de ne pas être brutal avec ses seringues. « C'est ma petite fille à moi, Docteur. La petite Josie que vous avez sortie de moi de vos propres mains. Elle est si têtue. Oh, Docteur, vous vous rappelez de moi et de Charles ? C'est une petite cliente un peu rude, bien comme moi ».

En raison des résultats du test, qui a force de loi, et en dépit du fait que Browny ne pouvait pas y croire, on n'a pas pu se marier. Grand-mère que l'âge rendait philosophe, dit que les jeunes gens qui semaient à tous vents étaient souvent étouffés au nid pour ainsi dire, mais que la science moderne ne tarderait pas à nous unir. Rien que d'y penser, ça me fait rigoler.

Maman ne s'est rendu compte de rien. Ça lui est passé complètement à côté en raison d'événements d'importance dans sa propre vie. Quand Browny retourna à sa base, noyé de pénicilline et tout ramolli par le chagrin, elle lui donna un grand pot de bonbons acidulés de chez Loft et une boîte de tabac doux.

Puis elle poursuivit sa propre vie. Sans aucune des désillusions que Browny et moi avions vécues. Le Lieutenant et maman se marièrent. Nous étions tous bien contents, bien que tout le monde sache qu'elle et Papa n'avaient jamais divorcé. Le nom inscrit à côté du sien sur le certificat de mariage est Sidney Lavalle, Jr Lieutenant (stagiaire), Marine Nationale des Etats-Unis. Une génération de Lavalle, plus ancienne et plus bouclée, avait quitté le Michigan pour s'installer dans le Québec et Sid dispose de deux ou trois expressions idiomatiques dans la langue favorite de Maman.

J'ai reçu une seule carte de Browny. Ça représente une vue aérienne de Joplin, dans le Missouri. Ça dit : « Salut, petite, haut les cœurs, mon amour, Browny. P.S. Santé en progrès ».

Vivant comme je le fais sur la grand route du découragement, je suis heureuse d'entendre les bruits joyeux de la pièce d'à côté. J'aimais bien toucher le corps de Browny avec le mien, bien que je ne pense pas avoir représenté pour lui autre chose qu'un espoir de succès dans la vie civile. Joanna a emménagé dans ma chambre. Quoiqu'elle continue à grincer des dents bien après l'aube, sa compagnie me fait du bien. Depuis que j'ai été fiancée elle a de la considération pour moi. C'est une fille très câline.

Le rôti rose pâle

Un vert pâle l'accueillit, le vert des gros bourgeons sur les amandiers. Bien calé par son déjeuner, Peter pénétra dans le parc. Il dégagea du pied les glands désappointés et conféra un noble sourire plein d'admition à deux petites filles.

Anna le vit enjamber les jonquilles, dans l'éclat rosé d'une troisième bouffée de jeunesse. Il entra aussi dans le champ visuel de Judy. Rapide et possessive, elle s'écria : « Voilà Papa ! ».

Oui, c'était le père, bouche entrouverte, assailli de visions. Il était troublé par la collusion des charmes, par la conspiration des coiffures bouclées et des peaux éclatantes. Un an plus tôt, vue en pleine lumière, Anna avait donné les premiers signes du déclin qui mène aux années d'étiolement, au moment même où s'épanouissait sa force d'homme fumeur de pipe, en veste de tweed, l'image de l'amant modèle offert dans des pages publicitaires à l'étonnement des hommes et à l'intérêt des femmes.

Judy sauta par-dessus le dos d'un banc et plongea dans ses bras. « Oh, Peter chéri », murmura-t-elle, « je ne savais même pas qu'on avait rendez-vous ».

« Mon Dieu, comme tu te fais grande, mon bébé. Mais où sont passées tes dents ? », dit-il. Cinquante livres de sa propre chair qu'il serrait fort sur son cœur. « Dis-moi, Judy, je suis bien content de voir que tu as encore un petit renifleur de minette et la douce fourrure blanche d'une minette ».

« Mais non », dit-elle en frétillant.

« Oh que si », dit-il. Il la laissa tomber sur les souples pattes de derrière mais retint dans sa main l'une des douces pattes de devant. « Mais je te prie de ne pas sortir tes griffes sinon je te lâche en plein dans l'Hudson ».

« Eh, Peter », dit Judy, « laisse tomber ».

Peter changea de sujet et se tourna vers Anna. « Tu n'as pas l'air à moitié en forme, tu sais ».

« Merci », répondit-elle poliment, « toi non plus ».

« Regarde donc, j'ai l'air d'un vrai athlètski en ce moment ».

Elle se donna trente secondes de silence, au sein desquelles il se réfugia, gazouillant comme un oiseau en été, « Nous avons dansé autour du mât de cocagne, cocagne, cocagne... »

« Et quand es-tu rentrée ? », demanda-t-il.

« Il y a environ une semaine ».

« Tu ne m'as jamais appelé ».

« Mais si, Peter, j'ai appelé. Je t'ai appelé au moins vingt-sept fois. Tu n'es jamais chez toi. Alors je me suis dit, le petit Peter doit être amoureux, quelque part dans la nature ».

« Qu'est-ce donc que cette chose que l'on appelle l'amour ? », reprit-il en réponse.

« Peter, je veux que tu me rendes un service », reprit-elle. « Peter, pourrais-tu prendre Judy pour le week-end ? Nous venons juste d'emménager dans ce nouvel appartement et j'ai beaucoup de choses à faire. Je voudrais seulement ne pas l'avoir dans mes jupes. Hein Peter ? »

« Ah, c'est pour ça que tu m'as appelé ».

« Oh, je t'en supplie », dit Anna. « En vérité je t'ai appelé pour que tu deviennes mon amant. C'est la vraie raison ».

« D'accord. D'accord. Pas d'amertume, Anna ».

Son bras tendu donnait la bénédiction. « Venez en paix. Allez en paix. Bien sûr, je vais la prendre. Je l'aime beaucoup. C'est ma môme ».

« Amer ? », demanda-t-elle.

Peter soupira. Il retourna les paumes de ses mains vers le ciel comme pour vérifier s'il pleuvait. Anna connaissait son répertoire, argument et chorégraphie. L'après-midi ensoleillé de printemps filtra à travers ses doigts. Il invoqua du regard les cieux témoins pour tenter de retenir ce qu'il pouvait. Puis il baissa les bras et relâcha tout le reste.

« D'accord », dit-il. « Allons-y. J'aimerais voir ton appartement. Je déborde d'idées. Il faudrait que tu voies ma salle de séjour, Anna. Je pourrais peut-être même me lancer dans la décoration d'intérieurs si les choses ne s'améliorent pas. Viens. J'irai chercher l'échelle à la cave. Je pourrais ranger les malles. J'adore les travaux de force. La vie ne te donne que ce que tu lui donnes, pas vrai ? On va se débarrasser du bébé. Je ne suis pas ton ennemi ».

« Depuis quand ? »

« Fous-moi la paix, Anna. Je suis sérieux. Je vais trouver quelqu'un pour garder Judy. Ferme-la et regarde ». Il chercha un visage familier parmi les promeneurs du dimanche. « Hé, toi » cria-t-il finalement à un vieux copain sur qui s'appuyaient deux poulettes. « Hé, toi, là, l'espèce de pou à l'œil glauque, viens ici ».

« Tu ne vas quand même pas demander à n'importe lequel de tes idiots d'amis », siffla Anna entre ses dents, maîtrisant sa fureur.

Ils s'approchèrent tous les trois de Peter, esquissant en chœur un pas de claquettes silencieux. Ils offrirent de joyeuses salutations et un sac d'abricots secs. Peter parla à l'une des filles. Il tapota ses cheveux coupés à la garçonne. « Hé bien, ma poupée, on peut dire que tu as changé. Tu dois avoir passé un très bon hiver ».

« Oh oui, merci », reconnut-elle.

« Dis-moi, ma poupée, tu me rends un service d'ami ? Judy est là-bas. Tu te rappelles ? Elle raffolait de toi quand elle était petite. Tu voudrais pas la surveiller un peu, pendant une heure ou deux ? »

« Bien sûr, Petit Pierre, avec grand plaisir. Je ne travaille pas aujourd'hui. Judy ! Elle était si mignonne. J'étais folle d'elle ».

« Anna », dit Peter, « je te présente Louie : l'année où tu travaillais, elle s'est comportée comme une véritable amie. Elle m'a aidé pour Judy. Elle était parfaite, un don du ciel ».

« C'est vous, Anna », dit Louie avec beaucoup d'hospitalité dans la voix. « Oh, je trouve Judy si mignonne. On était vraiment folles l'une de l'autre. C'est une enfant intelligente que vous avez là. Vraiment intelligente ».

« Merci », dit Anna.

Judy était partie s'entretenir avec le marchand de glaces. Elle revint, léchant un double sorbet au citron vert. « Il faut que tu lui donnes dix cents », dit-elle. « Il se rappelait même pas de moi, question crédit ».

Tout d'un coup, elle aperçut Louie. « Oooh », cria-t-elle. « C'est Louie. Louie, Louie, Louie ! » Elles se pincèrent les joues, se frottèrent le nez comme les Esquimaux et battirent des cils comme le font les anges en s'embrassant. Louie jeta un regard circulaire plein de fierté. « Phou, mah, le petit bout ne m'a pas oubliée. Qu'est-ce que tu en dis ? ».

Peter fouilla dans ses poches à la recherche de menue monnaie. Louie dit :

« Ne sois pas ridicule. C'est ma tournée ».

« D'accord, les filles », dit Peter. « Allez-y maintenant toutes les deux. La grande vie. Dînez en ville. Amusez-vous. Gardez le contact ».

« Je suppose qu'elles se connaissent », dit Anna, totalement déprimée, en faisant au revoir de la main.

« Voilà ! », dit Peter. « Si on veut faire des choses, il faut y aller ».

Il lui prit le bras. De son autre coude, il se frayait un chemin dans le petit attroupement d'hommes et de garçons qui se formait. « Un, deux, trois ! Partis ! », dit-il. « A la prochaine, les gars ! »

A peine cinq minutes après, Anna ouvrait la porte de son nouvel appartement, un de ces endroits chics que l'on peut louer en ville, avec une clef toute neuve.

Dans le vaste vestibule, sur l'étroit passage que laissaient les rangées de cartons empilés sur le parquet, Peter s'arrêta net et sifflota une douzaine de mesures de la Cinquième Symphonie. « Oh ! mamma mia », susurra-t-il, en extase. « Excusez du peu ! »

Une longue perspective de pièces, de portes menant à des pièces, de portes de verre à doubles battants, de portes de chêne massif, d'étroites portes de placard, toute une maisonnée de pièces reliées par des couloirs s'étendait devant lui.

« Oh, Anna, c'est loin d'être... Qui donc paye tout cela ? »

« Ce n'est pas toi ; ne te fais pas de souci ».

« Ce n'est pas la question, Sainte Mère de Dieu ! », dit-il en gesticulant en direction d'un lustre. « Tu sais, Anna, j'aime bien voir mes amis installés sur ce pied. Tu crois que je me paye ta tête ? »

« Ce serait plutôt moi », dit Anna.

« Allons, viens, qu'est-ce qui se mijote ? Tu as l'air si bien, tu as l'air d'une poulette qui en pincerait pour de bon. Dehors frisquets mais en dedans, ça bout, tu vois ce que je veux dire ».

« Arrête de rêver, Petit Pierre », dit-elle agacée. Mais il était maintenant en maillot de corps et il s'était mis à ranger des disques dans les casiers à disques. Il s'arrêta pour dire : « Et si j'installais les stores vénitiens ? » Alors elle s'adoucit et lui offrit une gentillesse :

« Peter, c'est toi qui as l'air merveilleusement bien. Tu as l'air — comment dire — en pleine santé ».

« Je me surveille, Anna. C'est pour ça. Des légumes, beaucoup de protéines. Je ne suis plus l'oiseau de nuit que j'étais jadis. Pamplemousse, soleil, ah ! le soleil, c'est mon grand amour maintenant ».

« Tu as toujours pris soin de toi, Peter ».

« Non, Anna, c'est différent maintenant ». Il s'arrêta et s'assit sur une caisse de rideaux. « Je veux dire, ce n'est plus égocentrique ou égoïste, comme avant. Maintenant il y a une véritable base philosophique. C'est pas de la simple biologie. Faut pas confondre. Regarde-moi et dis-moi un peu ce que tu vois ».

Anna avait lu quelque part que les cannibales, quand ils goûtaient de l'homme, le regardaient après comme le grand porc, le rôti rose pâle.

« Peter, tu es un mangeur de citrouilles », dit Anna.

« Oh, non, ce n'est pas ce que je veux dire. Tu sais ce que tu vois quand tu me regardes ? Une structure de chair. Tu sais quand ça m'a pris ? Il y a deux ans environ, à peu près à l'époque où ça n'allait plus entre nous. Une fois j'ai accompagné mon grand-père aux toilettes quand j'étais allé le voir — tu te souviens de lui, Anna, le vieux rigolo, celui qui était si cinglé qu'il refusait de mourir... J'étais appuyé contre la porte et il était assis sur le siège et se concentrait sur ses boyaux. Juste pour lui faire un brin de conversation et, comme je pensais, pour l'aider à se relaxer, j'ai dit : « Pépé ? Dis, Pépé, s'il te fallait tout recommencer, qu'est-ce que tu ferais différemment ? T'as un bon tuyau, pas percé du tout ? »

La réponse vint tout de suite. « Peter, dit-il, j'irais au gymnase chaque jour de ma foutue vie ; au diable le boulot, au diable les femmes. Peter, je me ferais un corps si dur que le bon Dieu soi-même ne saurait pas comment le mettre en pièces. Regarde-moi, Peter », dit-il, « ça fait quinze ans que je suis un vrai fils de pute.

Et pourquoi ça ? Je vais te dire, moi, pourquoi. Cette structure, cette... chose — il se prit le gras du ventre entre les doigts, pinça la peau des genoux — ce moi — il se frappa la mâchoire d'un sec crochet — tout ça doit être entretenu. Et la raison en est, Peter, que *c'est le siège de l'âme.* En fin de compte, la récompense c'est longue vie, force et beauté ».

« Oh ! Peter », dit Anna. « Est-ce que tu travailles ? »

« Putain », dit Peter, « tes mobiles c'est toujours miam-miam. Bien sûr que je travaille. Comment donc crois-tu que je vis, bon Dieu ? T'as reçu tes huit dollars cinquante par semaine, à la Filouterie, oui ou non ? »

« C'est bien huit cinquante ».

« D'accord. D'accord. Maintenant écoute-moi bien. Je prends des multivitamines qui me coûtent douze dollars quatre-vingt les cent. Cinquante dollars par an d'entretien de base ».

« Et le vieux, il est mort ? »

« Sainte Vierge ! Oui, bien sûr, il a fini par mourir ».

« Ça me fait de la peine. Il n'était pas si mal que ça. Il aimait Judy ».

« Bien ou mal, Anna, il a fait son plein, il a vécu assez longtemps pour passer sa leçon à l'autre génération. A propos, j'ai pas l'impression que tu aies pris un gramme ».

« Merci ».

« Et la petite a l'air en pleine forme. Tu la soignes vraiment bien. Tu as toujours été une bonne mère. Je parie que tu fais griller tout ce que tu lui donnes ».

« Quelquefois », dit-elle.

« Laisse-la vivre au grand air », dit Peter. « Mais je sais que tu y penses. Laisse-la aimer son corps ».

« Ainsi soit-il », dit Anna tristement.

« Au travail ! Au travail ! Puisque la grève est finie ! » chanta Peter. « L'escabeau est-il vraiment dans la cave ? »

« Non, non, il est dans le placard de la cuisine. Le grand placard très haut ».

Puis Peter installa les stores vénitiens et les rideaux suivirent. Il rangea les livres sur les étagères disponibles. Il colla le second tiroir du bureau de Judy. Bien que tous les meubles ne soient pas installés, il y avait déjà des étagères pour tous les jouets de Judy. Il n'eut aucun problème. Il sifflotait en travaillant.

Puis il balaya les quelques gravats et en fit un petit tas dans un coin de la cuisine. Il mit un pot à café à chauffer. « Café ? », cria-t-il. « Juste une minute », dit Anna. Il arrêta les portes battantes de la cuisine et s'avança vers Anna qui remontait une pendule dans la salle de séjour dont il avait personnellement voilé les fenêtres donnant sur le monde. « La petite fourmi des foyers », dit-il.

Comme un homme de bien, plein de bonheur, qui veut accroître ses vertus, il l'embrassa. Elle ne s'écarta pas de lui. Elle resta au creux de son bras droit, le visage posé contre son épaule, les yeux fermés. Il lui souleva le menton pour mieux estimer ses chances. Elle fut incapable d'ouvrir les yeux. Il scruta son visage, en homme d'honneur, mais n'y trouva pas trace de désaccord.

Elle était lourde et relâchée, symptôme certain, chez Anna, si sa mémoire était bonne, du désir. « M'accordez-vous cette danse ? », demanda-t-il doucement. C'était une plaisanterie familière. Avec beaucoup de soin, en amant plein de maîtrise, il défit les seize minuscules boutons de sa jolie robe et dans la chambre de Judy, sur le lit de Judy, il la prit aussitôt, sans un mot. Après, son bail signé, il la récompensa de baisers. Mais il s'habilla rapidement parce que les récits de sa vie l'obligeaient à évoquer l'éphémère.

« Petit Pierre », dit Anna, draps et couvertures tirés jusqu'au menton. « Va à la cuisine. Je crois que le café a tout bouilli ».

Il refit du café frais. Puis il retourna l'aider pour

les innombrables boutons. « Dis donc, Anna, cette robe, c'est dingue. Elle a dû coûter trois sous ».

« Vingt-cinq », dit-elle.

« Tu sais, on pourrait encore passer de vraiment bons moments ensemble, de temps à autre, si tu avais pas cette foutue rancune ».

« C'était un vraiment bon moment, Petit Pierre ? »

« Un moment parfait », dit-il avec un petit baiser. « Tu sais que j'aime bien ta nouvelle coiffure », dit-il.

« Je vais chez le coiffeur une fois par semaine ».

« Hé bien, ça paye, ma poupée. Des miracles, que ça fait. Et maintenant qu'est-ce qui se mijote ? C'est ça que je voudrais bien savoir. D'où vient la télé ultra chic ? Et ce bureau fabuleux... Il doit y avoir un grand chef là-dessous ».

« Oui, mon mari », dit Anna.

Petit Pierre resta immobile sur sa chaise, mais il fronça les sourcils, traçant des rides verticales de chagrin sur son front pur. Le noir forfait à la bouche, grinçant des dents pour le retenir, il dit : « Mon Dieu, Anna ! C'est terrible ce que nous avons fait ».

« Je croyais que ça avait été si bon ».

« Oh, Anna, ce n'est pas de ça que je parle. Tu aurais dû m'en parler avant. Où est-il ? Où est-il donc ce con de fils de pute pendant que sa femme se fait sauter ? »

« Il est à Rochester. C'est là que je l'ai connu. C'est quelqu'un d'adorable. Il déménage son affaire. Ça prend du temps. Peter, s'il te plaît. Il sera de retour dans deux ou trois jours ».

« Tu es formidable, Anna. Putain ! vraiment formidable ! Tu tortilles ton cul. Tu me fais passer pour un con et lui aussi. Tu aurais pu dire non. Non, Petit Pierre, excuse-moi. Je ne suis pas au bout du rouleau. Mais bon Dieu pourquoi tu as fait ça ? Par vengeance ? Par mesquinerie ? Pourquoi donc ? »

Il boutonna sa veste et se mit à chercher un journal ou un paquet parmi les cartons et les chaises neuves. Il n'avait rien apporté. Il s'arrêta devant la glace du vestibule pour se brosser les cheveux. « Ç'est ça », dit-il et il s'avança lentement vers la porte.

« Où vas-tu, Peter ? », sa voix venait d'au-delà du foyer, lieu des enfants bruyants et des parapluies oubliés. « Un instant, Peter. Sur la tête de ma mère, écoute-moi : je l'ai fait par amour ».

Il s'arrêta pour la regarder. Il la regarda froidement.

Anna pleurait. « C'est vrai, Peter, je ne mens pas, je l'ai fait par amour ».

« Par amour ? », demanda-t-il. « Vraiment ? ». Il sourit. Il était gêné mais heureux. « Hé bien ! », dit-il. Il lui envoya un baiser du bout des doigts de ses deux mains.

« Oh, Anna, alors bonne nuit », dit-il. « T'es une brave gosse. Sans rire, je te souhaite bien du bonheur, tout le bonheur du monde ».

En un clin d'œil, son visage enjoué apparut à la porte du crépuscule printanier. Dans la rue, parmi de paisibles quidams, il fit l'arbre droit. Puis, maître de tout, gracieux et intouchable, il plongea d'un saut périlleux arrière aux sources orientales de la nuit.

La voix la plus forte

Il y a un endroit où les monte-charges grondent, où les portes claquent, où les plats se fracassent ; chaque fenêtre est la bouche d'une mère demandant à la rue de la fermer, d'aller faire du potin ailleurs, de revenir à la maison. J'ai la voix la plus forte.

Dans cet endroit-là, ma propre mère a toujours autant de souffle que moi et l'épicier se lève pour lui parler. « Mrs Abramowitz », dit-il, « les gens ne devraient pas avoir peur de leurs enfants ».

« Ah ! Mr Bialik », réplique ma mère, « si vous leur dites à peine « Tst », à elle ou à son père, tout de suite, c'est, « On sera tranquille dans la tombe ».

« De Coney Island au cimetière », dit mon père ; « même métro, même prix ».

Je suis tout contre le tonneau de marinade. Mon petit doigt fait de jolis tourbillons dans la saumure. Je m'arrête un moment pour annoncer : « Soupe à la tomate Campbell. Soupe de légumes au jus de bœuf Campbell. Consommé de mouton Campbell... »

« Tais-toi », dit l'épicier, « tu fais tomber les étiquettes ».

« S'il te plaît, Shirley, tiens-toi un peu tranquille », supplie ma mère.

Dans cet endroit-là, toute la rue gémit : Tais-toi ! Tais-toi ! Mais elle ne risque pas d'enlever le moindre soupçon de quoi que ce soit à l'heureuse harmonie de mes intérieurs.

Dans cet endroit-là, aussi, mais passé le coin de la rue, se trouve un bâtiment de briques rouges qui est déjà vieux depuis bien des années. Tous les matins, les enfants s'alignent devant lui en doubles files qui doivent être bien droites. Ils ne sont pas vexés. De toutes façons, ils attendent.

En général, je suis parmi eux. Au premier rang en fait puisque je commence par un « A ».

Un beau matin bien froid, le surveillant me tape sur l'épaule : « Va à la salle 409, Shirley Abramowitz », dit-il. J'ai fait ce qu'on me disait. Je descendis en courant jusqu'à la salle 409 qui était remplie d'élèves du cours moyen supérieur. Il me fallut attendre à côté du bureau sans me tortiller jusqu'à ce que Mr Hilton, leur maître, ait le temps de me parler.

Au bout de cinq minutes, il dit « Shirley ? »

« Quoi ? », murmurai-je.

Il dit : « Ho là là ! Shirley Abramowitz ! On m'a dit que tu avais une voix particulièrement forte et claire et que tu lisais en y mettant du sentiment. Est-ce bien vrai ? »

« Oh, oui », murmurai-je.

« Dans ce cas, ne fais pas l'imbécile ; il se pourrait bien que je sois ton professeur un jour. Alors parle, bien fort ! »

« Oui », criai-je.

« C'est déjà mieux », dit-il. « Bon, Shirley, peux-tu mettre un ruban dans tes cheveux ou une barrette ? Ils font trop négligés ».

« Oui », j'ai hurlé.

« Bon, bon, calme-toi ». Il se retourna vers la classe. « Enfants ! Pas un mot. Ouvrez à la page 39. Lisez jusqu'à la page 52. Quand vous aurez fini, recommencez ». Il m'inspecta de nouveau. « Bon, Shirley, tu sais, je pense, que Noël approche. Nous préparons une belle pièce de théâtre. La plupart des rôles ont été distribués. Mais j'ai encore besoin d'un enfant avec une voix forte et beaucoup d'énergie. Tu sais ce que c'est l'énergie ? Tu le sais ? Bon, tu es intelligente. Tu sais je t'ai entendue lire « Dieu est mon berger » à l'assemblée l'autre jour. Très impressionnant. Merveilleuse élocution. Mrs Jordan, ton professeur, dit le plus grand bien de toi. Ecoute-moi bien, maintenant, Shirley Abramowitz, si tu veux prendre le rôle et participer à la pièce, répète après moi : Je jure de travailler plus dur que jamais auparavant ».

Je levai les yeux au ciel et dis tout de suite : « Oh, je le jure ». J'ai embrassé mon petit doigt et jeté un regard à Dieu.

« La vie d'un acteur, c'est ça, ma chère enfant », expliqua-t-il. « Comme la vie d'un soldat, pas de traînasseries, pas de désobéissances envers son général, le metteur en scène. Tout », dit-il, « absolument tout va dépendre de toi ».

Cet après-midi là, dans tout le bâtiment, les élèves grattèrent les dindons et les gerbes de maïs sur les fenêtres de l'école. Au revoir Thanksgiving. Le lendemain matin un surveillant apporta du papier rouge et du papier vert. On a découpé de nouvelles silhouettes, on les a suspendues au mur et on les a collées sur les portes.

Les professeurs avaient l'air de plus en plus heureux. Dans leur tête, c'étaient comme les sonnailles de l'enfance. Ma meilleure amie, Evie, aimait bien faire des bêtises mais elle n'a pas bavardé et elle n'a pas eu de ticket arraché sur son carnet. Nous apprîmes « Sainte Nuit » sans faire d'erreur. « Merveilleux ! », dit Mademoiselle Glacé, la stagiaire. « Quand je pense que certains d'entre vous ne parlent même pas l'anglais ! ». Nous apprîmes : « Ornez les salles » et « Oyez ! Les anges de l'Annonciation »... Ils n'avaient pas honte et nous n'étions pas gênés.

Ouais mais quand ma mère apprit la nouvelle, elle dit à mon père : « Micha, tu ne sais pas ce qui se passe là-bas. Cramer est à la tête du Comité de vente des billets ».

« Qui ? », demanda mon père. « Cramer ? Ah, oui, une femme très active ».

« Active ! Faut une raison pour s'activer. Ecoute », dit-elle tristement, « je suis surprise de voir que mes voisins font tout un tra-la-la pour Noël ».

Mon père ne trouva pas de réponse à ça. Puis il décida :

« Tu es en Amérique, Clara ! C'est toi qui as voulu venir ici. En Palestine les Arabes te mangeraient toute crue. En Europe, t'avais les pogroms. L'Argentine, c'est plein d'Indiens. Ici, t'as Noël... y'a de quoi rire eh ? ».

« Très drôle, Micha. Mais qu'es-tu donc devenu ? Si nous sommes venus dans un pays neuf il y a longtemps pour échapper aux tyrans et si, au lieu de ça, nous tombons dans un pogrom qui ne veut pas dire son nom où nos enfants apprennent des tas de mensonges, c'est une plaisanterie ou quoi ? Ach, Micha, ton idéalisme fiche le camp ».

« Et ton sens de l'humour aussi ».

« J'en ai jamais eu, mais toi tu avais plein d'idéalisme ».

« Je suis toujours le même Micha Abramowitz, je n'ai pas changé d'un iota. Demande à n'importe qui ».

« Demande-moi un peu à moi », dit ma maman, Dieu ait son âme. « Je connais la réponse ».

Pendant ce temps les voisins étaient bien obligés de penser à ce qu'ils avaient à dire eux aussi.

Le père de Marty dit : « Vous savez, mon garçon à moi, il a un rôle très important ».

« Le mien aussi », dit Mr Sauerfeld.

« Pas le mien ! », dit Mrs Klieg. « Je lui ai dit non. La réponse est non. Et quand je dis non, ça veut dire non ! »

La femme du rabbin dit : « C'est dégoûtant ! »,

mais personne ne l'écoutait. Sous le ciel étroit de la grande sagesse de Dieu, elle portait une perruque tirant sur le roux.

Chaque journée était pleine de bruit et d'expériences. J'étais le Bras Droit de Mr Hilton, qui disait : « Comment pourrais-je continuer sans toi, Shirley ? »

Il disait : « Ton père et ta mère devraient tomber à genoux tous les soirs pour remercier Dieu de leur avoir donné un enfant comme toi ».

Il disait aussi : « C'est un véritable plaisir de travailler avec toi, chère, chère enfant ».

Et quelquefois, il disait : « Bon Dieu de Bon Dieu, qu'est-ce que j'ai fait du scénario ? Shirley ! Shirley ! Trouve-le ».

Et je répondais tranquillement : « Le voici, Mr Hilton ».

Une fois de temps en temps, quand il était très fatigué, il s'écriait : « Shirley, j'en ai par-dessus la tête de crier après ces gosses. Veux-tu dire à Ira Puchkov de ne pas faire son entrée avant que Lester ne montre l'étoile pour la seconde fois ? »

Alors je hurlais : « Ira Puchkov, qu'est-ce qui te prend ? T'es stupide ou quoi ? Mr Hilton t'a déjà dit cinq fois de ne pas rentrer sur scène avant que Lester montre l'étoile pour la deuxième fois ».

« Ach, Clara », demande mon père, « qu'est-ce qu'elle fiche là-bas jusqu'à six heures, qu'elle ne peut même pas mettre le couvert ? »

« C'est Noël », dit ma mère, froidement.

« Ah ! Ah », dit mon père. « Noël. Où est le mal ? Après tout, l'histoire est pour tout le monde. Nous apprenons dans les livres que c'est une fête qui nous vient aussi de l'époque païenne, avec des bougies, des lumières et même la Hanukkah. Nous apprenons aussi que Noël n'est pas entièrement chrétien. Donc s'ils croient que c'est une fête rien que pour eux, ce sont des ignorants, pas des patriotes. Ce qui appartient à l'histoire appartient à l'humanité tout entière. Tu veux revenir au Moyen Age ? Est-ce qu'il vaut mieux se raser la tête avec un rasoir usagé ? Est-ce que ça fait du mal à Shirley d'apprendre à parler haut et fort ? Certes pas. Comme ça, peut-être, un jour viendra où elle ne partagera plus sa vie entre la cuisine et la boutique. Elle n'est pas bête ».

Je te remercie de ta gentillesse, Papa. C'est jusqu'à ce jour la vérité à mon sujet. Je fais des bêtises mais je ne suis pas bête.

Ce soir-là, mon père m'embrassa et dit, en montrant beaucoup d'intérêt pour ma carrière : « Shirley, demain c'est ton grand jour. Félicitations ».

« Vends pas la peau de l'ours », dit ma mère.

Puis elle ferma toutes les fenêtres par considération pour mes amygdales.

Le matin, il neigeait. Au coin de la rue, l'administration municipale, pleine de sollicitude, avait décoré un arbre en notre honneur. Pour ne pas risquer le passage dans l'ombre glaciale qu'il projetait, nos voisins firent un détour de trois rues vers l'est pour aller acheter une miche de pain. Le boucher tira ses stores noirs pour que les lumières multicolores ne viennent pas se refléter sur ses poulets. Mais moi, pas de ça. En allant à l'école je lui ai envoyé un baiser de tolérance avec mes deux mains. Le pauvre, planté là tout seul comme un étranger en Egypte.

Je pénétrai dans la salle en traversant le groupe des gosses qui me dévoraient des yeux. « Vas-y ! Shirley ! », disaient les surveillants. Quatre garçons, grands pour leur âge, avaient déjà commencé à préparer la scène et les décors.

Mr Hilton avait le trac. Il n'était même pas heureux. Tout ce qu'il essayait de dire s'achevait par un triste regard de chien battu. Il s'était affaissé dans un fauteuil du premier rang et me demanda d'aider Mademoiselle Glacé. J'y allai, bien qu'elle jugeât ma voix trop sonore et me traitât de « cabotine ! ».

Les parents commencèrent à arriver bien avant que nous fussions prêts. Ils voulaient faire bonne impression. Je jetai un coup d'œil sur les spectateurs par un interstice dans les volumineux rideaux. Je vis ma mère, avec son air gêné.

Ira, Lester et Meyer furent collés à leur barbe par Mademoiselle Glacé. Elle oublia presque d'attacher l'étoile à son fil mais je lui rappelai de le faire. Je toussai à plusieurs reprises pour m'éclaircir la voix. Mademoiselle Glacé jeta un regard circulaire, vit que tout le monde portait son costume et se tenait à sa place en attendant de jouer son rôle. Elle murmura : « Très bien... ». Alors :

Jackie Sauerfeld, le plus joli garçon du cours préparatoire, écarta les rideaux de son coude osseux et chanta d'une voix aiguë :

« Chers parents
Nous sommes présents
Pour offrir de Noël la Revue
Nous la racontons
En chansons
Et de pantomime l'illustrons ».

Il disparut.

Ma voix monta aussitôt des coulisses, faisant sursauter Ira, Lester et Meyer qui s'y attendaient mais furent tout de même surpris.

« Je me souviens, je me souviens, de la maison où je suis né... »

D'un coup sec, Mademoiselle Glacé ouvrit le rideau et la maison apparut — un vieux fenil où Celia Kornbluh était couchée dans la paille avec Cindy Lou, sa poupée préférée. Ira, Lester et Meyer sortirent lentement des coulisses, se dirigeant vers elle, tantôt montrant une étoile mobile, tantôt désignant Cindy Lou.

C'était une longue histoire et cette histoire était triste. J'articulais soigneusement tous les mots qui racontaient mon enfance solitaire, tandis que le petit Eddie Braunstein arpentait la scène avec son bâton à la recherche de moutons. Puis je revins à l'idée de solitude mais ne fus pas comprise sinon par quelques femmes que tout le monde détestait. Eddie était trop petit pour la suite du rôle et Marty Groff prit sa place, avec le châle de prière de son père sur les épaules. J'annonçai douze amis et la moitié des garçons du cours moyen vinrent s'agglutiner autour de Marty qui se tenait debout sur une caisse d'oranges, tout ça sous l'aile de ma voix puissante. De ma forte voix pleine de douleur, je célébrai l'amour, Dieu et l'Homme jusqu'à ce que la terrible trahison d'Abie Stock nous mène à un moment célèbre. Marty, dont la mémoire s'exprimait par ma voix, attendait au pied de la croix. Il fixait le public intensément. Je grognai d'un ton lugubre, « Oh ! Dieu, mon Dieu, pourquoi m'as-tu abandonné ? ». Les soldats, en tenue de Cheiks arabes, s'emparèrent du pauvre Marty pour le clouer sur sa croix de mort, mais il se libéra d'un coup de rein, fit de nouveau face au public et leva les bras au ciel dans un geste qui disait le désespoir et la mort. Je chuchotai aussi fort que je pus : « Le reste est silence, mais comme chacun le sait aujourd'hui dans cette salle, dans cette ville — dans ce monde — j'aurai la vie éternelle ».

Ce soir-là, Mrs Kornbluh vint chez nous prendre un verre de thé à la cuisine.

« Comment va la Vierge ? », demanda mon père d'un air préoccupé.

« Vous avez la langue bien pendue, pour un père de famille, Abramowitz ».

« Tenez », dit mon père, avec bonté, « prenez donc un peu de citron, ça vous adoucira le tempérament ».

Ils discutèrent un moment en yiddish puis se perdirent dans une mare de russe et de polonais. Je me remis à comprendre quand mon père dit : « Tout compte fait, c'était vraiment beau leur histoire et il faut avouer que ça nous fait connaître les croyances d'une culture différente ».

« Oui, bien sûr », dit Mrs Kornbluh. « La seule

chose... vous connaissez Charlie Turner — ce mignon petit garçon qui est dans la classe de Celia — et de deux ou trois autres ? Ils n'ont eu que de très petits rôles ou pas de rôle du tout. C'est de très mauvais goût, il me semble. Après tout, c'est leur religion ».

« Ach », expliqua ma mère, « que pouvait faire Mr Hilton ? Ils ont de toutes petites voix, après tout, à quoi ça leur servirait de gueuler ? L'anglais, ils le savent par cœur, depuis le début. Ils sont blonds comme des anges. Vous croyez que c'est tellement important qu'ils soient dans la pièce ? Noël... tout le saint-frusquin... ça leur appartient ».

J'écoutai tant que je pus mais finalement j'abandonnai. J'avais trop sommeil. Je sortis du lit et m'agenouillai. Je fis une petite église de mes mains et dis : « Entends, O Israël... ». Puis je criai en yiddish : « Bonne nuit, Bonne nuit. Chut ». « Chut toi-même », dit mon père, et il claqua la porte de la cuisine.

J'étais heureuse. Je m'endormis tout de suite. J'avais prié pour tout le monde : ma famille en train de bavarder, mes cousins lointains, les passants et tous les pauvres Chrétiens solitaires. Je pensais être entendue. Après tout, c'est moi qui avais la voix la plus forte.

Le concours

Que je me lève tôt ou tard, ça ne change rien, la journée m'échappe toujours. Eté ou hiver, doux ombrages ou silhouettes de ténèbres, je ne mets jamais le nez dans mes céréales avant midi.

J'ai de l'ambition mais à long terme. Je garde un œil confiant sur ma bonne étoile mais j'ai la moitié d'une vie pour y parvenir. En attendant, je garde les yeux ouverts et je m'habille bien.

J'ai dit au psychiatre de l'armée qui m'examinait : oui, j'aime les filles. C'est la vérité. Pas ma sœur, bien sûr — une usine à phantasmes pour un mac. Mais les filles, minces et tendres, ou alors bien dodues, brun foncé au centre, marquées par le temps. Pas ma mère, bien sûr, qui aurait dû en rester à Freud. J'ai le sens de l'humour, pas de doute pour ça.

Ma dernière fille était une Juive ; ça donne souvent des filles genre chaleureux qui se soucient d'équilibre nutritif et de valeur sur le marché de l'emploi. Elles n'aiment pas vous voir vous tuer à la tâche, si j'ai bien compris, jusqu'à ce qu'elles vous mettent le grappin dessus et alors, elles vous font suer le burnous !

Taille moyenne — du 36 — une marmite à poignées — facile à manier. Je l'ai rencontrée sous la pluie au sortir d'une activité culturelle à Cooper Union ou au collège Washington Irving. Elle n'avait pas de parapluie, j'en avais un, alors je l'ai raccompagnée jusque chez moi. Elle y est restée plusieurs heures : cavité béante, demi-sommeil. La pluie tombait sur l'ailante sous ma fenêtre, le vent faisait grincer les volets de ma fenêtre vieillotte : je fis du café et découpai une fine tranche de gâteau sans me presser. Je n'aime pas brusquer les choses et j'aurais attendu mais sa solitude était grande.

Nous passâmes quelques bonnes semaines ensemble. Elle apportait des petits pains et des « bagels » qu'elle trouvait là où on pouvait encore mettre la main sur ces trucs-là. Le dimanche, elle arrivait de Brooklyn avec un poulet qu'on faisait griller. Elle me trouvait trop maigre. C'est vrai mais les filles aiment ça. Si on est grassouillet, elles voient tout de suite qu'on pourra se passer de leur seul et unique talent, leur chaleur.

Le printemps arriva. Elle dit : « Où allons-nous ? » Rien de plus, comme je vous le dis ! J'ai déjà eu affaire à ce genre d'attitude. On dirait que pour la plupart des femmes la bonne bouffe et la rigolade c'est déjà trop.

Le soleil dévora le mois de juillet et elle recommença. « Freddy, si nous n'allons nulle part, je ne viens plus ». Tous ces dimanches-là, dans le grand vent, on allait à la plage : sa mère avait dû lui souffler. Parce qu'elle a dit ça avec tant de conviction retenue.

Un vendredi soir en septembre, je revenais d'une soirée où la chance m'avait fait faux bond. Rien que des visages inconnus. Pas de filles en surnombre et après une conversation étouffée avec des splendeurs déjà en mains, je me sentais bien bas et décidai de rentrer.

Assise dans un fauteuil, regardant un numéro des *Nouvelles Artistiques* plein de Hollandais qui avaient entassé quatre-vingts ans de travail en l'espace de quarante, Dorothy. Et, à côté d'elle, un petit baise-en-ville. Quand elle se leva pour m'accueillir, je distinguai à peine son visage mais elle fit d'abord du thé et dissipa un peu de mon ardeur dans la nuit tiède.

« Ecoute, Freddy », dit-elle, « j'ai dit à ma mère que j'allais passer deux jours chez Leona à Washington et j'ai tout arrangé avec Leona. Je suis couverte de tous les côtés » — elle versait le thé et faisait apparaître des tartes aux graines de pivoine trouvées dans quelque pâtisserie secrète de Flatbush Avenue — tout ça juste pour changer le cours des appétits d'un pauvre homme et permettre à la conversation de se poursuivre.

« Non, écoute, Freddy, tu ne te prends pas au sérieux et c'est pour cela que tu ne peux rien prendre au sérieux — ni une situation, ni une, comment dire, liaison... Freddy, tu n'écoutes pas. Tu vas rire mais tu es un barbare. Tu ne vis que de plaisirs épidermiques. Si tu es près d'un poste de radio, tu écoutes de la musique ; si tu es près d'un frigo ouvert, tu t'empiffres ; si une fille évolue à moins de trois mètres de toi, tu la plumes et tu la passes à la broche ».

« Allons, allons, Dotty, pas tant de réalisme », dis-je. « Chacun fait ses petits plats pour soi ».

Quelle gentille fille ! Tu dis une vulgarité et la voilà qui te saute dessus, rouge de honte et toute heureuse que l'East River soit entre elle et sa mère. La pauvre petite, c'était de l'avidité qu'elle avait.

Et puis aussi de la générosité. Arrivé au dimanche soir, j'avais mis un terme à une bonne douzaine de conversations et j'avais proprement sectionné le buisson d'homélies à la racine. Arrivé au dimanche soir, j'avais dit je t'aime Dotty, deux fois. Le lundi matin je pris conscience de l'ampleur de mes engagements et je ne recule pas devant l'aveu que ça m'a empêché d'aller à un boulot que j'avais décroché le vendredi.

Mon impression sur les femmes est que leurs intentions sont bonnes mais qu'une tradition de cupidité les pousse toujours vers un but vraiment obsessionnel. Quand Dot découvrit que j'avais décidé de renoncer à ce boulot (un boulot, c'est jamais qu'un boulot), elle entra en action. Elle me rendit mon exemplaire de *1984* et me dit dans une brève lettre que je pouvais garder les six verres à pied que sa mère m'avait prêtés.

Hé bien, elle m'a manqué, c'est pas tous les jours qu'on rencontre autant de bonté et d'ouverture. Et elle n'était pas bête. Je dirais qu'elle avait un bon sens paysan. Pas d'éducation superflue. Elle était brune, avec de longs cheveux. Je les avais toujours vus soigneusement peignés ou dans un désordre réparable jusqu'à ce week-end là.

J'en restai baba.

Elle m'a manqué. Et après ça, on peut pas dire que j'ai eu tellement de chance. Très peu d'argent à dépenser et les filles sentent ça d'instinct. Il y avait bien une jolie petite, mariée, dont le mari fricotait dans un autre code postal, mais le cœur de la postière n'y était pas. Grâce à mon beau-frère, un petit croupier bien propret qui faisait toujours crisser des billets de banque pendant les réunions de famille, j'ai trouvé un peu de copie à pisser pour les baveux. L'avenir s'annonçait meilleur.

Les bénéfices tirés de mes sornettes journalistiques me propulsèrent un jour à Craggy Moor, une station de haut vol, une espèce de havre constellé d'étoiles avec un terrain d'environ cinq cents hectares. Quand je revins, épuisé mais plein de modestie, elle était là, sur le plancher de mon salon. Avec quelques mots tendres et haletants accompagnés d'une pose genre moderne, elle espérait donner le souffle de l'éternité à cette chose de la terre, l'amour.

« Ah, Dotty », dis-je en étendant des bras pleins d'acquiescement. « Je suis toujours content de te voir ». Bien entendu, elle s'est expliquée. « En réalité, ce n'est pas pour ça que je suis venue, Freddy. Je suis venue te parler. Nous avons une possibilité extraordinaire de nous faire une belle petite somme d'argent, si seulement tu voulais bien être sérieux pendant une demi-heure. Tu es si intelligent ; tu devrais avoir un but dans la vie. Bon Dieu, même si tu continuais à vivre seul, tu pourrais avoir un appartement convenable au lieu de ce foutoir ».

Je l'embrassai sur le bout du nez. « Si tu veux qu'on soit vraiment sérieux, Dot, sortons nous promener. Allons, viens, mets ton manteau et raconte-moi comment on va gagner de l'argent ».

Ça a donné ça : on s'est promenés pendant une heure dans le parc parmi les feuilles d'automne. « Ne ris pas, Freddy », elle m'a dit. « Il y a un journal yiddish qui s'appelle *le Morgenlicht.* Ils ont organisé un concours : JUIFS A LA UNE. Tous les jours ils donnent une photographie et deux descriptions. Il faut dire qui sont les trois personnes, ajouter un renseignement sur eux et envoyer le tout le jour même avant minuit. Ça durera au moins trois mois ».

« Cent Juifs à la Une ? », dis-je. « Quelle tolérance dans ce pays ! Et alors, qu'est-ce que ça rapporte, ces précieux renseignements ? »

« Le premier prix, c'est cinq mille dollars et un voyage en Israël. Et aussi, sur le chemin du retour, deux jours dans chacune des trois plus grandes capitales du monde libre ».

« Plutôt bien », dis-je. « Mais qu'est-ce que ça cache ? S'agit de démasquer les faux frères qui s'font passer pour des Gentils ? »

« Freddy, pourquoi tu regardes toujours tout du mauvais côté ? Ils sont fiers d'eux-mêmes, c'est tout, et ils veulent donner à tous les Juifs la fierté d'avoir aidé à bâtir ce pays. N'as-tu pas de fierté toi-même ? »

« Malheur à ceux que l'orgueil a couronnés ».

« Je me fous de ce que tu penses. Mais le fait est que nous connaissons quelqu'un qui connaît quelqu'un au journal — il écrit un éditorial par semaine — nous ne le connaissons pas vraiment mais notre nom de famille ne lui est pas inconnu. Donc on a vraiment une chance de gagner si on le fait sérieusement. Tu sais comme tu es intelligent, Freddy. Je ne peux pas le faire moi-même, Freddy, il faut que tu m'aides. De toutes façons je suis fermement décidée à le faire. Et quand Dotty Wasserman a décidé quelque chose, c'est comme si c'était fait ».

Jusqu'alors je n'avais pas remarqué cette obstination qu'elle avait dans sa nature. Moi je n'en avais pas du tout. Tous les soirs de la semaine, après le travail, elle se penchait attentivement sur mon bureau, vêtue d'une veste en tweed Harris qui n'était que pour le confort et qui irritait le creux de mon bras. Quelque part dans la rue, toute une file de piécettes en mouvement perpétuel acheminait des renseignements du téléphone de sa mère jusqu'à ses oreilles.

Me penchant par-dessus son épaule, il m'arrivait de découvrir les trois-quarts d'un Juif digne de la Une ou d'avoir une vue complète d'un demi-Juif. Mais les fractions ne mettaient pas en cause le règlement du concours. Ça leur faisait plaisir d'en faire l'extraction et d'avoir de la fierté.

Plus on travaillait, plus Dotty avait de la fierté. Le visage empourpré, elle levait les yeux de ses hiéroglyphes et lisait sa traduction : « Un monsieur aux cheveux gris vraiment respecté ; un intime des ministres ; un ami authentique de deux Présidents au moins ; souvent vu dans le parc assis sur un banc ».

« Bernard Baruch », criai-je aussitôt.

Puis une difficile : « A contribué à faciliter le commerce entre les Etats ; sa création vaut des millions et a été parachevée l'année dernière. Mais il trouve tout de même le temps de s'occuper de Deborah, Susan, Judith et Nancy, ses quatre filles ».

Pour trouver celle-là je me suis descendu un paquet de sèches et un cocktail à l'œuf pour me donner de la force et du tour de taille. Je fixai le poêle, le plafond, les volets acariâtres - puis je dis calmement : « Chaim Pazzi — un architecte spécialisé dans les ponts ». Je n'oublie jamais un nom quel que soit le caractère d'impression.

« Imagine un peu, Freddy. Je ne savais même pas qu'il y avait un Juif qui s'était distingué dans ce domaine-là ».

A dire vrai, quelquefois il me fallait jusqu'à une heure pour attacher un nom à une liste d'attributs tout à fait exagérés. Quand ça me prenait tout ce temps, je ne pouvais m'empêcher de murmurer, « Bon, on en a découvert un autre. Mets-le sur la liste des passagers du train de la mort ».

Dotty disait, tristement : « il faut croire que tu plaisantes ».

Pourquoi croyez-vous donc que je lui plaisais ? Allez-y donc en chœur de votre réponse de psychanalystes à la manque : « Parce qu'elle est masochiste et que tu es sadique ».

Non. J'étais très gentil avec elle. Et je répondais fidèlement à tout l'amour qu'elle me donnait. Et je n'ai jamais manqué aucun de nos rendez-vous et je l'ai appelée tous les vendredis pour lui rappeler qu'on se voyait le samedi et quand j'avais de l'argent je lui achetais des fleurs et une fois même des boucles d'oreilles et une fois aussi un soutien-gorge noir que j'avais vu sur une réclame dans le journal et qui avait des petites ouvertures pleines d'astuce pour l'aération. Je l'ai toujours d'ailleurs. Elle n'a jamais osé le ramener chez elle.

Mais je ne me laisserai pas dévorer par une femme.

Quand ma pauvre vieille mère est morte, elle avait un bon morceau de moi en travers de la gorge. J'étais dans l'armée à l'époque mais on m'a fait savoir que ses dernières paroles avaient été : « Présentez Freddy à Eleanor Farbstein ». Le culot de cette femme ! M'inclure dans un codicille. Elle légua ma sœur à ce type dans la publicité, un cuisinier hors pair avec les cheveux en brosse. Elle légua mon père à la commisération de quelques tantes, mais moi qui étais la prunelle de ses yeux et le meilleur morceau du frigidaire de son cœur, elle me légua à Ellen Farbstein.

Mais la vérité vraie, c'est Dotty qui l'a dite. « Je suis jamais sortie avec un type aussi attentionné que toi, Freddy. Tu es toujours là. Je sais que si je me sens seule ou déprimée, je n'ai qu'à t'appeler et tu viendras me retrouver en ville quoi que tu sois en train de faire. Il ne faudrait pas croire que je n'y suis pas sensible ».

La vérité historique, c'est que je ne faisais pas grand chose. Mon beau-frère aurait pu me garder à flot mais il prétendait que ma spécialité c'était un certain genre d'article au style fleuri dont il n'avait pas fréquemment l'usage. Par conséquent, j'étais à même de consacrer tout mon esprit, mon énergie et mon attention à JUIFS DU MONDE — *Morgenlicht,* « le Journal du Matin qui Paraît La Veille au Soir ».

On en a vu le bout. Dot croyait dur comme fer qu'on allait gagner. J'étais presque convaincu. On rêvait à nos six semaines de voyage en buvant des chocolats chauds et des screwdrivers.

On a gagné.

J'ai reçu un coup de fil à neuf heures du matin dans le courant d'une semaine comme une autre. « Debout les morts, gloire à toi Frederick P. Sims. On a réussi. Tu vois, tout ce que tu entreprends, tu le réussis ».

Elle quitta son travail à midi et nous déjeunâmes ensemble à la terrasse d'un café au Village ; on était tout sourire, avec de l'orgueil à revendre. Nous mangeâmes très bien et il me fallut encaisser les précisions suivantes — dont je soupçonnais une bonne partie.

Tout était à son nom. Bien entendu sa mère avait droit à sa part. Elle l'avait aidée à traduire parce que Dotty ne connaissait guère le yiddish (pour ne rien dire de son désir de s'assurer une retraite sans soucis) ; et il était indispensable, ainsi qu'en avait décidé un conciliabule nocturne, d'envoyer quelqu'argent à leur vieille tante Lise qui s'était glissée hors d'Europe à peine une heure et demie avant que ce continent ne se ferme pour toujours et qui, maintenant, habitait Toronto au milieu d'étrangers, où elle avait un peu perdu la tête.

Le voyage en Israël et dans trois autres capitales européennes était pour deux (je dis deux). Ces deux personnes devaient être mariées. Si parmi nos papiers, il ne s'en trouvait pas un qui apportât la preuve d'une union légale, elle irait seule. Avant que j'aie pu faire ma déclaration d'intention, elle s'écria : Oh ! sa mère l'attendait devant chez Lord et Taylor. Et la voilà partie.

Je fumai misérablement ma pipe incrustée et réfléchis à ma situation.

Pendant ce temps, dans une autre partie de la ville, des engrenages se mettaient en mouvement, des presses ronronnaient et le lendemain matin les faits s'étalaient de droite à gauche à la une du *Morgenlicht* :

! ENGAG NAMRESSAW YTTOD
TUOT A ESNOPER A ESIONYLKOORB ENUEJ

Dessous, dans un encadré bien visible, une photo de Dot et de moi à table me rappela un éclair qui avait illuminé le gâteau de riz la veille alors que je baignais encore dans l'euphorie de mes modestes espoirs.

J'ai envoyé une carte postale à Dotty. J'y disais : « Marche pas ».

Les ultimes dispositions furent compliquées du fait du gouvernement israélien qui éprouvait de la réticence à laisser s'échapper des dollars qui auraient ainsi fait le Grand Tour. Dès son arrivée dans cette province cosmopolite, le dollar était censé renoncer à son rôle hédoniste de jouet américain et adopter le comportement presbytérien d'un outil.

Dans la quinzaine qui suivit deux lettres me parvinrent de l'étranger contenant des nouvelles et des photographies de Dotty souriante dans un kibboutz, appuyée avec tendresse contre un Mur des Lamentations, ou onctueuse dans un bosquet d'orangers.

Je décidai de prendre un boulot permanent pendant un ou deux mois dans une agence : je pissais de la belle copie pour accompagner la photographie d'hommes de devoir !

VOICI BILL FEARY. C'EST LUI QUI PRENDRA VOTRE COMMANDE DE —— TONNES D'ENGRAIS « POINT ROUGE ». IL CONNAIT VOS BESOINS. APPELEZ BILL ET APPELEZ-LE SANS TARDER.

J'avais le cœur net et les yeux marrons, j'étais innocent, éveillé, indigné des mesquineries de mes compagnons et mû par les pouvoirs de l'honnêteté ; je montais au zénith.

Les filles aux hanches étroites avaient été livrées à New York par tracteur et elles aussi elles montaient au zénith en passant par le purgatoire de l'avarice humaine qui les menait au Ciel des Putes, au Palais des Possessions.

Pendant que je m'acharnais sur mes rêves, Dotty dépensa quelqu'argent à visiter la tour de Pise et à se balader en gondole. Elle décida de rester à Londres au moins quinze jours parce qu'elle s'y sentait chez elle. Et puis comme ça, tout le bénéfice tombait aux mains d'étrangers qui l'investiraient à leur profit.

Par une journée brumeuse, le beuglement des cornes de brume autour de Manhattan me rappela un télégramme auquel j'avais choisi de ne pas prêter attention. ARRIVE QUEEN ELIZABETH MERCREDI 16 HEURES. Je parvins à n'y prêter aucune attention de toute la journée en me mettant bien avec deux blondes à la coule. Puis je rentrai chez moi et je me sentis bien seul. Toute la soirée. J'essayai d'écrire une lettre à une fille athlétique que j'avais rencontrée dans une auberge pour skieurs quelques semaines plus tôt... Je songeai à appeler quelques amis mais le fait est, l'innommable réalité est que les femmes vous isolent. Il n'y avait personne à appeler.

Je sortis acheter un journal du soir. Je le lus. J'écoutai la radio. Sortis acheter un journal du matin. Bus une bière. Lus le journal et attendis les comptes du matin.

Je n'allai pas au travail ; ni le lendemain, ni le jour suivant. Pas un mot de Dot. Elle devait se tordre de culpabilité. La pauvre fille...

Finalement, je lui écrivis une lettre. C'était bien envoyé.

« Ma chère Dorothée,

Quand je considère notre relation et que j'en évoque les saisons, le soleil d'été qui l'illumina et les neiges de l'hiver à travers lesquelles il lui fallut frayer son chemin, je ne trouve aucune raison à ton comportement inqualifiable. Je me rends compte que tu t'es inspirée de l'exemple ignoble de ta mère et de toutes les mères avant elle. En un mot, tu t'es prostituée. L'amour et l'amitié que j'ai donnés ne furent pas suffisants, semble-t-il. Que voulais-tu donc ? Tu m'as donné les eaux dormantes de ton affection pour que je m'y noie et comme j'ai refusé tu as perpétré cette terrible vengeance.

De toute mon âme, je t'ai aidée, râclant les fonds de ma mémoire pour y trouver ceux de notre foi qui ont su faire vibrer les nerfs journalistiques de ce pays.

Que voulais-tu ?

Le mariage ?

Ah ! Voilà ! Une chaumière et le bonheur Papa-Maman. Le bonheur coin du feu où tu pourrais traîner en bigoudis, à te pommader les pattes d'oie... Je ne suis pas certain que Fred soit fait pour ça.

J'ai vingt-neuf ans et je ne rajeunis pas. Tout autour de moi, de jeunes diplômés ont accroché leurs jambes arquées à l'Echelle de la Réussite. Dotty Wasserman, Dotty Wasserman, que puis-je te dire ? Si tu penses que j'ai été dur, il te faut affronter le fait que tu n'as pas osé m'affronter.

Nous avons passé de merveilleux moments ensemble. Nous pourrions en avoir d'autres. Nous avons une formidable occasion de recommencer sur une base plus humaine. Tu ne peux pas m'imposer ton étroite vision de la vie. Décide-toi, Dotty Wasserman.

Très sincèrement avec le souvenir d'une ancienne affection.

F.

P.S. C'est ta dernière *chance ».*

Quinze jours plus tard, j'ai reçu un billet de cent dollars.

Une semaine plus tard, j'ai trouvé devant ma porte, soigneusement empaqueté, un portefeuille en cuir, cousu main en Italie et un projecteur avec une boîte de diapositives montrant des sites intéressants en Europe et en Afrique du Nord.

Depuis, plus rien.

Un intérêt dans la vie

Une année, à Noël, mon mari m'a donné un balai. C'était pas juste. Personne ne peut me dire que c'était par gentillesse.

« Je ne veux pas que tu n'aies rien pour Noël pendant que je suis à l'armée », dit-il. « Regarde-le, s'il te plaît, Virginia. Y'a cette jolie petite pelle à poussière qui va avec. Suspendue au bout du manche. Regarde donc ! T'es aveugle ou t'es bigle ? »

« Merci beaucoup, vieux frère », répondis-je. Y'avait longtemps que j'avais envie d'une pelle à poussière montée comme ça. C'était une bonne pelle à poussière. Mon mari ne fait pas ses achats dans les surplus ou aux soldes de janvier.

Pourtant, tout bien considéré, malgré la qualité, c'était plutôt mesquin d'offrir ça à une femme qu'on n'a pas l'intention de revoir, une personne avec qui on a fait des enfants et sur qui on n'arrêtait pas de grimper, saoul ou pas saoul, même quand il fallait que tout le monde se lève aux aurores le lendemain.

Je lui ai demandé s'il pouvait attendre une demi-heure avant de s'engager dans l'armée, vu qu'il me fallait aller aux provisions. J'aime pas laisser les enfants seuls dans un trois pièces plein de gaz et d'électricité. A la moindre réplique un peu vive, le feu peut éclater. Ou alors l'aîné décide de régler ses comptes avec le plus jeune.

« Ça va pour cette fois », dit-il. « Mais il vaudrait mieux que tu trouves un moyen de te débrouiller sans moi ».

« Tu es un handicapé mental », lui dis-je. « On aurait dû t'enfermer depuis des années ». J'ai claqué la porte. Je n'avais pas envie de le voir ranger ses caleçons et ses chemises empesées dans son sac.

Remarquez que j'ai pas dépassé le perron, vu que je suis tombée sur Mrs Raftery qui se tordait les mains de douleur, avec des larmes plein les yeux comme si elle détenait le monopole des mauvaises nouvelles.

« Mrs Raftery ! », dis-je, en la prenant par les épaules. « Ne pleurez pas ». Elle s'est laissée aller contre moi vu que je suis du genre percheron. « Ne pleurez pas, Mrs Raftery, s'il vous plaît ! », dis-je.

« C'est bien de toi, ça, Virginia. Tu vois toujours le mauvais côté des choses. « Rentre le linge, il va pleuvoir ! » C'est toi, tout craché. Quand le monte-charge tombe en panne, t'es la première à le savoir ».

« Oh, allons, allons, ce n'est pas vrai. C'est pas vrai du tout », dis-je. « Je suis tout le contraire de ça ».

« As-tu vu Mrs Cullen ? », demanda-t-elle, sans prêter attention à mes paroles.

« Où ça ? »

« Virginia ! », dit-elle. « Elle est morte. Tout le monde sait ça dans la maison. Ils l'ont vêtue de blanc comme une mariée et tu n'as jamais vu pareille beauté dans une créature du Bon Dieu. Elle doit avoir dans les quatre-vingts ans. Son mari est si fier d'elle ».

« Je la connaissais juste de vue ; elle n'avait pas d'enfants », dis-je.

« Bon, eh bien ça, ça me regarde pas. Maintenant Virginia, tu vas faire ce que je te dis ; tu vas descendre et tu vas dire — tu m'écoutes, eh ? — tu diras : « Je viens d'apprendre, Mr Cullen, que votre femme est morte. J'en suis désolée ». Puis tu lui demanderas comment il va ; après tu devrais aller la voir dans la rue d'à côté.

Elle est chez Witson et Wayde. Et puis tu devrais aller à l'église quand ils l'y transporteront ».

« C'est pas mon église », dis-je.

« C'est pas une raison, Virginia. Tu gravis les marches comme ça », dit-elle, s'éloignant de moi pour esquisser une cavalcade. « Tu gravis les belles marches du péristyle et tu pénètres dans l'église. Dedans, c'est très beau. Tu ne peux pas t'empêcher de t'agenouiller, ne serait-ce qu'une minute. Puis tu tournes vers la droite. Tu gravis l'autre escalier. Et alors tu parviens à une grande porte de chêne qui fait comme une voûte au-dessus de toi, et puis », dit-elle, en reprenant profondément haleine, comme si ça pouvait l'aider à continuer, « et puis tu tournes la poignée de la porte, dou-ce-ment et tu ouvres la porte et tu regardes de tous tes yeux : c'est notre Sainte Mère qui dirige tout ça. C'est beau, c'est beau, oh que c'est beau ! »

J'ai poussé un soupir rentré et une plainte vigoureuse pour enrober mon cœur de chagrin. A mon âge, ça faisait comme un anneau d'arthrose.

« Une vraie pleureuse », dit Mrs Raftery en fouillant du regard l'intérieur de ma bouche.

« Pas du tout », dis-je. Et je reçus en plein visage toute une bouffée de Mrs Raftery, toutes les riches senteurs d'une aigre bibine.

Mon mari jeta une pièce d'un penny contre la porte pour me détourner de Mrs Raftery. Il gratta à la porte vitrée pour être sûr d'attirer mon attention. Il portait un gros sac de marin sur chaque épaule. Où donc a-t-il pu acquérir autant de biens matériels ? Qu'y avait-il dans ces sacs ? Les plumes d'oie de ma grand-mère qui avaient fait la grande migration transatlantique ? ou alors tous les langes du loueur de langes ? A cette heure la vérité ne s'est pas fait jour.

« Nom de Dieu, qu'est-ce que tu fais, Virginia ? », dit-il en laissant tomber les sacs à mes pieds. « Debout sur tes pattes de derrière à raconter ta vie à tout le monde ? L'armée te laisse un peu de temps mais, au nom du ciel, faut pas croire qu'ils rigolent ». Puis il dit à Mrs Raftery : « je vous prie de m'excuser ». Il se saisit de moi à pleins bras comme s'il était amoureux et se pressa très fort contre mon corps pour que je puisse le sentir une dernière fois et bien mesurer ce que je perdais. Puis il m'embrassa, genre méchant, presque à me fendre la lèvre. Puis il m'a fait un clin d'œil et m'a dit « c'est tout pour aujourd'hui » et il s'est barré dans le futur, avec ses sacs pleins de chiffes.

Il m'a laissée dans une situation embarrassante, à moitié évanouie, sous les yeux de cette vieille veuve incapable de se souvenir de la moitié de la scène. « C'est une outre pleine de vent », dit Mrs Raftery. « Il s'en va pour de bon ou juste temporairement, Virginia ? »

« Oh, il m'abandonne, probablement », dis-je et je m'assis sur le perron, en remontant mes gros genoux jusqu'au menton.

« Si c'est le cas, il faut aller le dire tout de suite aux Allocations », dit-elle. « Te quitter comme ça juste avant Noël, quel salaud ! Faut avertir les flics », dit-elle. « C'est avec plaisir qu'ils apporteront les jouets pour les petits. Et n'oublie pas de glisser un mot à l'épicier. Il mettra un peu la sourdine pour réclamer tes ardoises ».

Elle perçut que la tristesse s'étendait sur mes traits d'est en ouest et du nord au sud. En fait, Mrs Raftery, y'a pire. Elle dit : « Faut voir à trouver du réconfort ». D'un doigt nerveux, elle désigna les chauffeurs de camion en train de déjeuner, assis en tailleur et appuyés contre les quais de chargement de l'autre côté de la rue. D'un vaste geste du bras, elle inclut tous ceux qui arpentaient la rue en quête d'un restaurant passable. Elle se garda bien d'exclure les six dockers qui traînaient sous la marquise du marché au poisson. « Quand c'est pas leurs poumons ou leur estomac que les heures supplémentaires ont ravagé, ils s'évanouissent quelque part dans le monde. Ne sois pas déçue, Virginia. L'homme qui te durerait toute une vie n'est pas sur cette terre ».

Dix jours plus tard, Girard a demandé : « Où est Papa ? ».

« Pose pas de questions, et je te dirai pas de mensonges ». Je ne voulais pas que les enfants sachent le fin mot de l'histoire. Au présent ou au passé, un enfant doit avoir un père.

« Où est-ce qu'il est, Papa ? », demanda Girard la semaine d'après.

« Il s'est engagé dans l'armée », dis-je.

« C'est quand même lui qui a fabriqué mon lit gigogne », dit Phillip.

« C'est par la vérité que tu trouveras la liberté », dis-je.

Puis je m'assis, crayon et papier à la main, pour prendre la direction de mes revenus. Les faits bruts, après additions et soustractions, étaient que mon mari m'avait laissée avec quatorze dollars, loyer non payé, sous état d'urgence. Il avait prétendu regretter agir de la sorte mais, à mon avis, loin des yeux, loin du cœur. « La municipalité te laissera pas mourir de faim », avait-il dit. « Après tout, tu représentes la moitié de la population. Tu mènes le bon combat : sans toi la race péricliterait. Qui paierait les impôts ? Qui nettoyerait les rues ? Il n'y aurait pas d'Armée. Un homme dans mon genre ne saurait où aller ».

J'ai aussitôt envoyé Girard chez Mrs Raftery porteur d'une requête concernant l'adresse des Allocations. Réaction immédiate du genre RSVP avec commentaires supplémentaires de son écriture de gauchère : « Pauvre Girard... il sera jamais comme était mon John à moi ».

On lui avait rien demandé.

Je suis allée aux Allocations tout de suite après le Nouvel An. Ça m'a pas pris longtemps pour découvrir qu'ils sont parés pour affronter les menteurs et que si vous êtes sincères et honnêtes, ça les déçoit. Ils vont jusqu'à refuser de s'occuper de votre cas si vous êtes trop honnêtes.

Au début ils ont posé des questions qui ne manquaient pas de bon sens. Ils m'ont demandé où mon mari s'était engagé. Je ne savais pas. Ils lui ont mis aux fesses des agents et des spécialistes du courrier. Ils ont conclu : « Il n'est pas dans l'Armée américaine ». Je leur ai soufflé : « Essayez l'Armée brésilienne ».

Ils ont vraiment pas le sens de la plaisanterie. Et, comme ils n'ont pas le cœur léger, ils ont essayé. « Oh non ! », dirent-ils. « Votre renseignement était faux. Il n'est pas dans l'Armée brésilienne ».

« Ah non ? », j'ai dit. « Comme c'est étrange ! Il doit donc être dans la Marine mexicaine ».

La loi les obligeait à rechercher ses frères. Ils écrivirent à celui de ses frères qui a sa carte au Syndicat des Chauffeurs de Poids Lourds et qui possède un immeuble en Californie. Ils demandèrent à ses deux frères du New Jersey de m'aider. Tous deux ont de grandes familles. Ça les a fait rigoler. De bon droit. Puis ils écrivirent à Thomas, l'aîné et le plus doué (c'était celui pour qui ils avaient tous travaillé comme des brutes pour qu'il poursuive ses études jusqu'au moment où son cerveau commencerait à rapporter). C'est lui qui a envoyé dix dollars par retour du courrier, avec le mot suivant : « Quel salaud ! J'enverrai un petit quelque chose de temps à autre, Ginny, mais quoi que tu fasses, ne dis rien à l'administration ». Bien sûr, j'ai jamais fait ça. Ils devinèrent bientôt qu'ils m'étaient supérieurs, que j'avais les ennuis que je méritais et alors ils m'aimèrent de plus en plus.

Mais ils ont jamais réparé mon réfrigérateur. Chaque fois que j'appelais, je disais, avec toute ma patience : « Le lait a tourné... ». Et je disais : « La boîte de singe a pourri ». Assise pour la sixième fois (six balles) dans cette cabine téléphonique de chez Felan où ça puait la bière, avec le bébé sur mes genoux et Barbie qui tapait à la vitre avec son petit drapeau américain, je hurlai aux oreilles sans cœur de la secrétaire, « j'ai acheté du vrai beurre pour les vacances et il a ranci... ».

Ils répondirent : « Il vous faut un meilleur devis de réparation ».

Pendant que j'attendais à la maison l'homme du devis, Girard se mit à faire de la balançoire sur la porte de la salle de bains, juste pour se calmer les nerfs, en me regardant d'un air rigolard et rêveur tout en mordillant les pelures qui se détachaient du plafond écaillé. Sans plus réfléchir Mrs Raftery dit : « C'est une paire de baffes qu'il faut à ce ouistiti ; l'arsenic lui ferait plus de bien ».

Mais Girard est mon fils ; c'est moi qui juge. C'est la promesse de choses terribles pour l'avenir mais je ne saurais dire quoi.

C'est parce qu'il pensait sans cesse à mes prémonitions sur ce sujet-là et sur d'autres, c'est parce qu'il remarquait tous les jours, quand je mettais mon rouge à lèvres, les plis de la mort qui creusaient mon visage, que John Raftery vint à ma rescousse depuis le fin fond du New Jersey.

Le jeudi, du moins, John Raftery passait les tunnels pour venir voir sa mère. Toute la maison était au courant. Sa gaîté commençait avant même le petit déjeuner. Elle chantait à tue-tête avec un épais accent irlandais qui ne lui venait aux lèvres que dans les grandes occasions. Pendant qu'elle suspendait le linge, le rouge lui montait aux joues au souvenir du remarquable petit garçon que son John avait été. « Demandez aux Sœurs du coin de la rue », annonçait-elle aux fenêtres ouvertes. « Jamais elles n'oublieront John ».

Ce soir-là après le dîner, Mrs Raftery dit à son fils : « John, comment se fait-il que tu ne dises pas bonjour à ta vieille amie Virginia ? Elle n'a pas eu de chance et elle est mélancolique ».

« C'est vrai, Maman ? », dit-il, et il grimpa les deux étages sans plus tarder pour venir frapper à ma porte.

« Oh, John », dis-je en le voyant, le chapeau à la main, belle chemise blanche et cravate à raies bleues, tiré à quatre épingles comme un responsable d'école du dimanche. « Bonjour ! »

« Bienvenue à toi, John ! », dis-je. « Assieds-toi. Mais entre donc ! Comment vas-tu ? Tu as l'air en pleine forme. Sans blagues. Dis-moi ce que tu as fait pendant tout ce temps, John ? »

« Ce que j'ai fait ? », demanda-t-il d'un ton pensif. Pour respecter la Raison, il décrivit dans sa réponse sa vie avec Margaret, son mariage, son travail et ses enfants jusqu'à la date présente.

De mon côté, j'avais rien de bon à raconter. Maintenant qu'il avait mis le sujet bien en lumière sous mes yeux, toutes ces journées que ma vie avaient calcinées faisaient comme un voile de honte et je ne pouvais même plus distinguer clairement les petites demi-heures de bonheur.

« Bien sûr », dit-il, « tu as des enfants adorables. Et aussi, Virginia, tu attires l'œil. Le charme est un don pour lequel il faut être reconnaissante ».

« Reconnaissante ? », dis-je. « Mais je ne dois à personne sinon à ma bêtise ces quatre enfants à vingt-six ans, ma solitude et ma misère, si l'on omet le charme, bien sûr. Un homme ça peut pas se retenir mais j'aurais pu faire attention à ma propre conduite ».

« Ne sois pas si dure avec toi-même, Ginny », dit-il. « Les enfants sont un don de Dieu ».

« Tu es toujours quelqu'un pour ce qui est de la sainteté, pas vrai ? Tu sais foutument bien qui c'est qui nous donne des enfants ».

Ça, il savait. Le rouge de son visage se fit encore plus profond. John Raftery avait cette couleur au visage depuis l'enfance vu qu'il rentrait tellement ses colères.

Mais quand même après ça, sa conversation tenait un peu plus debout et je lui ai fait du thé pour lui raconter que mon mari m'aimait bien à l'époque parce que j'étais quelqu'un de passionné. Ça c'était avant qu'il jette un coup d'œil sur les lieux et qu'il voie que, à la longue, cette vie-là c'était du pareil au même. Dès qu'il eut compris ça, il essaya de se détourner de moi et de me faire éprouver de la haine pour lui. Son visage changea. Il abandonna sa marque de cigarettes qui était la même que la mienne. Il jeta deux paires de chaussettes que je lui avais tricotées de mes propres mains. « Si je déteste quelque chose sur cette terre, c'est bien le bleu marine », dit-il. Oui, bien sûr, j'aurais pu les teindre. J'aurais tout fait pour lui, si seulement il avait eu le courage de me le demander.

« A l'époque, tu étais une chouette gosse », dit John, faisant allusion à certains samedis soirs. « Une chouette gosse pleine de fougue ».

« Aaah ». J'étais dégoûtée. Quoi que j'aie été à cette époque, ça me menait directement là où je suis aujourd'hui. « J'étais effrontée. Si j'avais un enfant comme ça, je lui flanquerais des taloches ».

Pas plus tard que le jeudi suivant, John m'a donné une belle radio avec un tourne-disques. « Amuse-toi bien », dit-il. Ça, les Allocations, ça leur a rivé le clou. On ne possédait pas de disques mais l'enquêteur a vu que mon martyre était allégé et il a gribouillé une douzaine de pages de notes sur son carnet.

Le troisième jeudi, il a apporté une poupée qui marche (hauteur : cinquante centimètres) pour Linda et pour Barbie avec une carte où il avait écrit, « une petite poupée pour deux jolies poupées ». Il s'était aussi payé un ou deux verres chez sa mère et ça lui avait donné envie de danser. « Tra-la-la », chantait-il en se balançant sur une chaise de cuisine raide comme un écouvillon. « Tra-la-la, laisse-toi aller... »

« Faut se décontracter un peu », chantonnait-il, « vivre un peu... ». Puis il dit : « Virginia, puis-je avoir l'honneur ? »

« Chut ! On est enfin arrivés à les endormir. S'il te plaît, baisse la radio. Tais-toi. Silence de mort, John Raftery ».

« Laisse-moi faire ta vaisselle, Virginia ».

« Ne dis pas de bêtises. Dans cette maison, tu es mon hôte », répondis-je. « Je te considère encore comme un hôte ».

« Je veux faire quelque chose pour toi, Virginia ».

« Dis-moi donc que je suis la plus ensorcelante des créatures », dis-je en plongeant le bras dans l'eau de vaisselle jusqu'au petit Juif.

Il ne répondit pas. « J'ai des tas d'ennuis, à mon travail », dit-il seulement, puis je l'entendis repousser sa chaise. Il vint derrière moi, passa ses bras autour de ma taille et m'embrassa sur la joue. Il me fit tourner et me prit les mains. Il me dit : « Un vieil ami est plus précieux qu'un diamant ». Il me regarda droit dans les yeux. Il retint mon attention par son effort d'honnêteté. Et il m'embrassa sur les lèvres. Un baiser doux et bref.

« Assieds-toi, s'il te plaît, Virginia », dit-il. Il s'agenouilla devant moi et posa la tête sur mes genoux. Je fus émue par toute cette activité. Puis il leva les yeux vers moi et, du ton qu'il aurait pris pour offrir un mariage éternel, il m'offrit — parce qu'il était saoul — de mettre en péril son âme immortelle pour m'apporter du réconfort.

J'ai d'abord dit : « Merci ». Mais j'ai ajouté « Non ».

Il me faisait de la peine mais c'est un dévôt, un des responsables du Club des Pères de son église, un membre actif de tous les groupes laïcs s'occupant de charité, d'orphelinats, etc. Je savais que s'il restait tard pour partager de l'amour avec moi, il ne prendrait pas ça comme une amusette mais qu'il paierait un prix terrible et, à la longue, détruirait sa pauvre vie. Et la responsabilité m'incomberait.

C'est pourquoi j'ai dit non.

Et puis Barbie a le sommeil si léger. Je pensais qu'il ne manquerait plus qu'elle se réveille et qu'elle aperçoive sa mère et son ami John, les pantalons aux chevilles, agrippés l'un à l'autre sur la table de la cuisine. Le genre de spectacle qui peut marquer un enfant pour la vie.

J'ai dit non.

Dans cet immeuble tout le monde fourre son nez partout. Ce soir-là, il me fallait dire non.

Mais John est quand même venu me voir le quatrième jeudi. Cette fois-là il a apporté les robes que les filles de Margaret ne mettaient plus, des robes de cocktail en organdi ou des robes en coton satiné pour tous les jours. Plein de gentillesse, il admira beaucoup Barbara et Linda et il roula ses grands yeux bleus pour ponctuer quelques demi-douzaines de ooh et de aah.

Même Phillip, qui pense que Dieu ne lui a accordé qu'un nombre limité de « bonjour » et qu'il vaut mieux les économiser pour le jour du jugement dernier, Phillip s'est confié à John et lui a dit : « Pourquoi tu n'amènes pas ton fils jouer avec moi ? J'ai personne pour jouer avec ». (Phillip ment. Il y a au moins soixante et onze gosses dans cet immeuble, toute la gamme, du rose pâle au café au lait, parlant anglais ou baragouinant l'espagnol, des trompe-la-mort, de sanglants compagnons, des justiciers solitaires ou alors des répliques grandeur nature de Méga Souris. Un petit gars qui voudrait un ami n'aurait que l'embarras du choix dans le voisinage).

Et puis Girard, il est froid comme un glaçon. Il est plongé dans la solitude du désespoir. Quelquefois il se regarde dans la glace et il dit : « Comment ça se fait que je sois aussi laid ? J'ai un drôle de nez. Et la plupart des gens ne m'aiment pas ». Il mentait lui aussi. Girard ressemblait à son père. Ses yeux ont la couleur que prennent ces petites prunes en août. On dirait un de ces gosses dans les publicités des revues. Il aurait pu faire mannequin et ramasser plein d'argent. C'est mon aîné et s'il se croit laid, il me croit laide aussi.

John dit : « Je peux pas supporter de voir un petit garçon dépérir de tristesse... Qu'est-ce qu'elles disent les sœurs à l'école ? »

« Tout ce qu'elles disent c'est qu'il est pas appliqué. On n'en tire pas grand chose de ces sœurs ».

« Mon second était pareil », dit John. « S'intéressait à rien. Aah, qu'est-ce que j'aimerais oublier tous ces soucis de mon travail. Je t'attraperais Girard par les revers de veste et je te le forcerais à faire attention au monde. J'aimerais bien pouvoir l'inviter à venir jouer dans les grands espaces du New Jersey ».

« Et pourquoi tu peux pas ? »

« Ecoute, Virginia, je suis surpris que tu ne comprennes pas pourquoi. Tu sais bien que je ne peux pas faire se rencontrer mes enfants et les tiens ».

J'ai eu un accès d'arthrite dans la poitrine.

« C'est ma mère qui est bizarre, Virginia ». Il lui fallait poursuivre ce sujet. « Je ne sais pas. Je suppose que l'idée d'embêter Margaret lui fait plaisir. Elle me dit : « Tu montes, John ? » « Oui, Maman », je dis. « Tiens-toi bien, John », dit-elle. « Son mari pourrait revenir et t'expédier en enfer par colis express. Tu es un bon catholique, John », dit-elle. Mais je savais ce qu'elle pensait. Elle est contente de m'avoir dans l'immeuble. Je te jure, Virginia, qu'elle me souhaite bien du bonheur ».

« Moi aussi, John », dis-je. On a bu un dernier verre de bière pour nous assurer un sommeil paisible. « Bonne nuit Virginia », dit-il, en nouant son cache-nez autour de son cou d'un geste rapide. « Ne t'inquiète pas. Je vais penser à ce qu'il faut faire à propos de Girard ».

John était sincère. Ça c'est vrai. Il s'occupait beaucoup de Girard ; il enfumait son terrier jusqu'à ce qu'il crache tous ses petits soucis. Il l'inscrivit dans une troupe de boy scouts qui allaient se défouler dans le Bronx une fois par semaine. Il lui fit cadeau d'un petit Meccano modèle junior. Et quelquefois, quand sa famille avait le dos tourné, il priait longuement pour lui.

Un dimanche, Sœur Véronique dit de sa voix douce venue d'un autre monde : « Il n'est pas pire qu'avant. Il serait même plutôt mieux. Et vous, Virginia, comment ça va ? ». Elle disait ça en posant sa main sur la mienne. Tout le monde dans cet endroit-là fait toujours comme s'il savait tout.

« Ça va bien », dis-je.

« Il va donc falloir passer à Phillip », dit John, « si c'est vrai que Girard s'améliore ».

« Tu avais une vocation pour les métiers sociaux, John ! »

« Bien des gens ont détecté ça en moi », dit John.

« Ta mère a toujours fait des folies pour toi, alors comment ça se fait qu'elle ne se soit pas un peu serré la ceinture pour t'envoyer à l'université ? Comme nous avons fait, nous autres, pour Thomas ? »

« Allons, allons, Virginia, ne sois pas injuste. Elle n'est pas riche. Mon père était un peu faible sur les revenus. Elle avait besoin de mon salaire et, pour tout dire, Virginia, je ne regrette rien. Regarde Thomas, il étudie encore. Il a jamais goûté à la vie réelle. Et moi, au contraire, j'ai un joli brin de famille, une maison bien à moi, et un nom dans les métiers du bâtiment. La seule chose que j'aie à te dire c'est que la pauvre vieille regrette bien. Un jour (oh, comme ça, juste en passant, il y a des années) j'ai dit que je pourrais t'épouser. Elle s'est flanqué un couteau dans le corps. Historique. Pas plus de deux ou trois millimètres ; mais ce fut quand même le Dimanche Rouge. La seule chose — tu aurais fait une meilleure bru que Margaret ».

« M'épouser ? », dis-je.

« Oui, eh bien tu vois... euh, — je t'ai toujours appréciée et puis... Pourquoi crois-tu que je m'installe dans les ténèbres de cette cuisine tous les jeudis soir ? Au nom du ciel, tu sais que la seule chaleur qu'on ait ici vient de la tasse de thé. Hé ouais, je voulais t'épouser, Virginia ».

« Tu blagues pas, John ? C'est vrai ? »

Ça me faisait plaisir d'entendre ça. Mieux vaut tard que jamais pour ce qui est d'apprendre qu'on a été désirée dans sa jeunesse.

Je l'ai pas dit à John mais le fait est que je l'aurais jamais épousé. Dès que j'ai eu rencontré mon mari, avec ses airs de Valentino, je n'ai pas eu d'autre intérêt dans la vie. J'avais peut-être fait quelques petites folies avec John et d'autres mais alors là, j'ai concentré ma folie sur lui et après ça je me suis plus posé de questions.

Pourtant, faut regarder les choses en face, si mon mari n'avait pas progressé dans la vie, c'était de ma faute. A mettre sur mon compte, comme on dit. Le matin je l'accueillais en fredonnant. Et j'avais toujours un mot gentil pour chacun, sauf le propriétaire. Demande aux gens du quartier, sans chercher la petite bête — même les Espagnols, avec leur visage sombre et triste — il faut qu'ils sourient quand ils me croisent.

Mais, pour son propre bien, il aurait dû mieux faire, question vie et question argent. J'étais heureuse mais j'ai maintenant acquis le savoir que c'est pas la bonne solution. Le bonheur c'est pas si mauvais que ça pour une femme. Elle grossit, elle vieillit, elle pourrait s'allonger et elle pourrait mourir de plaisir, rien que d'apaiser un régiment d'hommes et de petits enfants. Mais les hommes, c'est différent, il leur faut avoir de l'argent ou alors il leur faut la célébrité ou alors il faut que tous les gens du quartier lèvent la tête quand ils passent devant les escaliers de leur sous-sol.

Une femme, ça compte ses gosses et ça prend des airs, comme si c'était elle qui avait inventé la vie, mais les hommes, il *faut* qu'ils réussissent dans la vie. Je sais que les hommes, être heureux, c'est pas ça qui les désarmera.

« Drôle de type », dit John qui avait deviné le chemin qu'avaient pris mes pensées. « Qu'est-ce qui l'a arrêté ? C'était pas le premier venu. Mais il y avait quelque chose de drôle en lui, Virginia, si tu me permets. Il avait pas grimpé bien haut mais y avait pas plus prêt que lui à regarder tout le monde de haut ».

« C'était un malin, John. Tu ne te rends pas compte. Son passe-temps favori c'était les mots croisés et je lui disais souvent, avec bien d'autres gens du coin, qu'il devrait s'attaquer à la Question à 64 dollars ! Pourquoi pas ? Mais ça le faisait rire. Tu sais ce qu'il disait ? Il disait : « Si tu me crois malin, ça prouve comme tu es bête ».

« Un drôle de type », dit John. « Allez, déboutonne-toi », dit-il. « Raconte-moi tout, Virginia ; c'est la seule façon d'apaiser la souffrance ».

Pour les grandes lignes, ça me faisait plaisir d'accéder à sa demande. Pourtant il y avait certaines remarques cruelles qui ne pouvaient pas passer. C'était un peu comme si on essayait de reparler avec les mots taris d'un ancien cauchemar pour retrouver seulement le souvenir du dernier jour de bonheur — au milieu d'une semaine de mars, le jour où j'ai dit à mon mari que j'allais avoir Linda. Barbara avait cinq mois, à quelques heures près. Les garçons avaient trois ans et quatre ans. Il fallait que je lui dise. Ce fut le dernier jour avec un semblant de bonheur.

Plus tard, il dit : « Oh, tu me dégoûtes, toi et ta nom de dieu de cellulite ; t'as tout l'air d'un building avec ta façade en pierres taillées ».

« Bon, où vas-tu ce soir ? », lui répondis-je.

« Comment je saurais ? », dit-il. « Ton gros cul prend tout le foutu lit », dit-il. « Il n'y a pas de place pour moi ». Il s'acheta un sac de couchage et s'installa sur le sol pour dormir.

Je n'en croyais pas mes yeux. Je repartais à zéro tous les matins. Je n'arrivais pas à croire qu'il se mette contre moi alors que j'étais encore jeune et que même ses amis m'aimaient encore. Mais le fait est qu'il se mit contre moi à cent pour cent et que son amitié s'envola. « Tu ne penses jamais à rien d'autre qu'à faire des bébés. Cet appartement sent comme les toilettes pour hommes du métro. C'est un foutu *pissoir* de merde ». Pendant toute l'année qui suivit, son truc ce fut la vérité. « Ce gosse mange plus que tout le reste de la famille », dit-il. « Arrête de te farcir la gueule, espèce d'outre », disait-il à Phillip.

Après il s'attaqua aux voisins. « Sors-moi cette vieille peau fouineuse d'ici », dit-il. « Si elle revient encore une fois avec son refrain sur « mon fils qui est dans les métiers du bâtiment » j'en fais de la pâtée pour le chat ».

Puis ce fut le tour de Spielvogel, l'inspecteur, son plus vieil ami, qui ne venait nous voir que pendant les vacances et qui ne m'adressait jamais la parole (il était timide comme le sont parfois les célibataires). « Ce fils de pute me la fera pas avec ses conneries sur l'amitié. Tout ce qui l'intéresse c'est ton cul. Il me manque que ça - un chiard à lui qui viendrait consommer l'oxygène de cet appartement ».

Après ça il n'y avait plus personne à vider. Nous étions seuls comme deux ermites, face à face.

« Bon, Virginia », dit-il, « je suis au bout du rouleau. Devant moi je ne vois qu'un grand mur noir. Qu'est-ce que je suis censé foutre, nom de Dieu ? Je n'ai qu'une vie. Est-ce qu'il faut que je m'allonge pour mourir ? Je ne sais plus quoi faire. Je vais pas mâcher mes mots, Virginia, si je continue à traîner ici, c'est réglé d'avance, tu vas me haïr... »

« Je te hais déjà », dis-je. « Fais donc ce qui te plaît ».

« Je deviens fou ici », marmonna-t-il. « Je sais pas quoi faire dans ce coin-ci. Je veux t'acheter un cadeau. Quelque chose ».

« Je te l'ai déjà dit, fais ce qui te plaît. Achète-moi un piège à rats. Pour me débarrasser des rats ».

C'est alors qu'il est allé à la Droguerie Générale et qu'il m'a rapporté un balai neuf avec une pelle à poussière de première.

« Un balai neuf fait bien le ménage », dit-il. « Il faut que je me tire d'ici », dit-il. « Je deviens fou ». C'est alors qu'il commença à remplir les sacs et que je partis pour l'épicerie mais que je fus arrêtée par Mrs Raftery qui a pas pu s'empêcher de me faire part de sa conception de la beauté (de la mort) puis il m'a embrassée et il est parti s'engager dans une armée quelconque.

Je n'ai rien dit de tout ça à John, parce que je pense que c'est pas bon pour l'idée qu'on se fait d'une femme de raconter comment un autre type l'a traitée. L'interlocuteur se met à la voir avec les yeux de l'autre et on passe pour un lot avarié. On te rate pas. Après tout, j'en étais venue à compter sur John. Tous les amis de mon mari m'étaient devenus étrangers bien que je leur aie toujours dit : « Sentez-vous chez vous ».

Et les hommes chargés de famille qui habitaient l'immeuble prenaient des airs trop entendus, comme s'ils m'avaient tous quittée chacun à leur tour. Quand je les rencontrais dans l'escalier, ils portaient les paquets de provisions les plus lourds ou m'aidaient à descendre la poussette de Linda mais ils ne me posaient jamais de question qui vaille la peine d'y répondre.

En plus de ça, Girard et Phillip apprenaient aux filles les jours de la semaine : lundi, mardi, mercredi, Johndi, vendredi. Ils l'attendaient une fois par semaine, sous le lampadaire du vestibule, à demi assoupis comme des insectes au soleil, assis dans leurs chaises basses avec leur nom gravé en lettres d'or — c'était un cadeau de naissance de ma belle-mère. A huit heures et quart tapantes, il arrivait, lisait son histoire, distribuait quelques baisers et les fourrait au lit.

Mais un soir, peu de temps après un Johndi plein de piaillements à me rompre le tympan, à la fin d'un long après-midi pluvieux rempli de jeux de mains entre frères et de querelles de sœurs presque prêtes à plaider devant la justice la propriété de Melinda Lee, la poupée qui marche et ses cinquante centimètres de haut, la sonnette retentit trois fois. Mais ce ne fut jamais le visage de John qui m'accueillit dans l'encadrement de la porte.

J'avais trop de pudeur pour descendre demander à Mrs Raftery et elle avait trop de mesquinerie pour monter me renseigner.

Il n'est pas venu le jeudi suivant non plus. Girard dit tristement : « Il a dû s'enfuir, John ».

Après deux semaines d'absence sans un mot d'explication, il me fallait abandonner tout espoir. Je ne savais pas comment expliquer ça aux enfants : ça avait à voir avec le bien et le mal, la bonté et la méchanceté, les hommes et les femmes. J'avais ça au bout des doigts, prêt à donner. Mais je pensais que je ne devais pas leur cacher les erreurs et la vérité. Qui sait ? Peut-être trouveront-ils un jour quelque part dans le monde un ami plus sûr que je n'en ai jamais trouvé. Alors je les ai juste mis au lit puis je me suis assise dans la cuisine et j'ai pleuré.

Au milieu de ma troisième bière, alors que je me râclais la cervelle pour décider ce que j'allais faire ensuite, je pris la décision de participer à « La Fortune est à Vous ». J'ai récupéré du papier et un crayon dans la caisse à jouets et j'ai fait une liste de tous mes ennuis — c'est la règle si on veut être acceptée par le programme. Quand elle a été finie, la liste aurait tiré les larmes au Bon Dieu s'il avait eu le temps. Rien qu'à la regarder j'étais déjà un peu soulagée de mon amertume. On dirait que tout ce dont on a besoin pour la survie des plus aptes, c'est un intérêt dans la vie, bon, mauvais ou alors, bien personnel.

Comme ça se produit toujours dans ces cas-là, quand vous avez commencé à vous préparer en faisant des projets, les nouvelles vous arrivent d'une tout autre direction. La sonnerie retentit, deux coups brefs et un long — ça voulait dire que c'était John.

Mon premier réflexe fut de réveiller les enfants pour leur donner un peu de bonheur. « Non ! Non ! », dit-il. « S'il te plaît, ne prends pas cette peine. Virginia, je suis éreinté », dit-il. « Ereinté. Mon boulot me donne la migraine. Trop c'est trop. Ça me mange mes journées et la nuit ça me trotte dans la tête et au bout du compte à qui ça profite ? »

« Virginia », dit-il, « je ne sais pas si je pourrai continuer à venir. Ça fait un bout de temps que je voulais te le dire. Mais je ne sais pas. Ça veut dire quoi tout ça ? Tu pourrais me répondre si je te le demandais ? Tout ça, pour moi, ça n'a ni queue ni tête ».

Je mis le thé à infuser parce que, quand j'ai touché ses doigts, ils étaient froids. Je n'ai rien dit. J'ai essayé de considérer la situation de son point de vue d'homme et je pensais qu'il lui fallait prendre un bus, puis un train, puis le métro pour venir me voir ; et puis encore le métro, le train et un bus pour rentrer chez lui à une heure du matin. Ça lui ferait aucun ennui à lui, de nous quitter pour toujours. Je pensais à ma vie, tout en donnant dans la balance plus de poids à mes enfants. Si par hasard j'avais le choix, je décidais de choisir de ne pas vivre sans lui.

« Qu'est-ce que c'est ça ? », demanda-t-il en montrant la liste soigneuse de mes soucis. « Tu écris une lettre ? ».

« Oh ! Non », dis-je, « c'est pour « La Fortune est à Vous ». J'espère être acceptée par le programme ».

« Virginia, par le ciel », dit-il en y jetant un coup d'œil, « t'as pas la moindre chance. Ils te rigoleraient au nez avant que t'entres au studio. Ces gens-là souffrent vraiment ».

« Tu es sûr, John ? », lui demandai-je.

« Ça ne fait aucun doute dans mon esprit », dit John. « As-tu jamais vu ce programme ? Ce que je veux dire c'est qu'en plus de tout ça — de tous ces petits riens de la vie » — il désignait ma liste d'un geste plein de mépris — « ils souffrent vraiment. Ils vivent sur le front des cyclones, leurs vies sont emportées par des déluges — parmi les catastrophes de Dieu. Oh ! Virginia ».

« Tu es sûr, John ? »

« Par le ciel... »

Tristement, j'ai rangé ma liste. Mais si un jour ça empire encore, je pourrai toujours la ressortir.

Quand cette question-là a été réglée, j'en suis revenue à une décision antérieure. J'écartai sa tasse de thé brûlant. Je me faufilai sur ses genoux entre la table et la protubérance de la boucle de sa ceinture. Je mis mes bras autour de son cou et dis : « Comment ça se fait-il que tu aies si froid, John ? ». L'amabilité se lisait sur son visage mais il savait aussi prendre l'air étonné. Il dit : « Hé bien, tu sais quoi, Virginia, je me réchauffe déjà ». On a ri.

Cette nuit-là, John, pour moi, fut un amant.

Mrs Raftery tombe parfois malade à cause de sa source personnelle de bibine bon marché. Parfois même, elle a la cervelle un peu embrumée. Souvent, elle attend John.

« Fais honneur à ta mère, John, qu'est-ce qui t'arrive ? », se plaint-elle. « Honneur, honneur à ta mère ».

« Virginia, ma chérie », dit-elle. « Toi tu n'aurais jamais emporté John au loin dans le New Jersey comme l'a fait Margaret. J'aurais aimé qu'il t'épouse ».

« Vous ne m'aimiez guère à cette époque-là ».

« Tu mens », dit-elle. Je sais que c'est une hypocrite, mais pas plus que le reste des gens.

Ce qui me frappe le plus c'est que John ne semble pas avoir ça sur la conscience, contrairement à ce que j'aurais cru. C'est pourtant dur à croire, à ce jour encore, qu'un homme qui envoie les Dix Commandements comme carte de Noël chaque année peut se boutonner et se déboutonner aussi facilement.

Bien sûr, il nous faut faire très attention à ne pas réveiller les enfants ou à ne pas gêner les voisins qui participent aux émois d'autrui jusqu'à un certain point, mais au-delà, le plaisir ça les met en fureur. Et puis il nous faut faire très attention aussi à nous-mêmes parce que quand mon mari reviendra, quand il se rendra compte que les petits sont à l'école et que les choses s'arrangent, il me pardonnerait pas d'avoir tout recommencé et d'avoir refait ces signes de vie si bruyants qui dérangent tant les hommes.

Ça fait deux ans et demi qu'on l'a pas vu. Bien que certaines personnes m'aient incité à le faire, je ne souhaite pas que la police ou le contre espionnage ou un flic privé ou qui que ce soit d'autre le recherche et le ramène. Je sais que s'il avait eu l'intention de disparaître pour de bon, il l'aurait dit et écrit. Les choses étant ce qu'elles sont, je n'ai pas la moindre idée ni du jour ni de l'heure à laquelle il va faire son apparition. Quelquefois à minuit, je me heurte de plein fouet à un rêve gros comme un dictionnaire et je me réveille au milieu de visions de son paisible retour.

Il ouvre la porte avec son ancienne clé. Il me regarde d'un œil critique et dit : « Eh bien, tu as vieilli, Virginia ». « Toi aussi », je dis, bien qu'il n'ait pas changé le moins du monde.

Il s'installe dans la cuisine parce qu'il y a des enfants endormis partout dans la maison. Je dénoue sa cravate et je lui offre un sandwich. D'un coup sec de la main, il juge du rebond de mon derrière. Je tourne autour de lui comme autour d'un mât de cocagne, avec des baisers circulaires.

« J'ai pas beaucoup aimé l'Armée », dit-il. « La prochaine fois, je pense que je m'engagerai dans la Marine Marchande ».

« Quelle Armée ? », dis-je.

« C'est à peu près partout pareil », dit-il.

« Ça ne m'étonnerait pas du tout », dis-je.

« Nom de Dieu, j'ai perdu mon bouton de manchette », dit-il en tombant à genoux pour le chercher. Je me mets aussi à quatre pattes mais je sais bien qu'il a jamais eu de bouton de manchette. Mais je ferais tout pour lui.

« Ce coup-ci je t'ai possédée », dit-il en riant.

« Oh oui, y'a pas de doute » et avant même que j'essaye de me mettre un peu à l'aise sur le lino à pois, il est sur moi juste à l'endroit où on était, et le fait est qu'on était si heureux qu'on a complètement oublié les précautions.

Un diamètre irrévocable.

Un jour, en août, dans une petite banlieue tranquille, surchauffée par les voitures, pleine de zones réservées à de futurs espaces verts, j'ai rencontré, moi, Charles C. Charley, une fille nommée Cindy. Il y avait plein de Cindy à se promener dans les bois cet après-midi là, mais la mienne était une citoyenne à part entière, avec ses cheveux blonds qui ne bouclaient jamais (ils pendaient). Quand je l'ai rencontrée, elle avait quitté les bois et préférait traîner dans le grenier de son père. Elle était allongée sur un lit de camp, sans oreiller pour sa tête et elle fumait une cigarette qui se dressait, tout droit, comme une cheminée dans un rêve. Les cendres tombaient doucement sur son assez récente poitrine que recouvraient du dacron et du coton égyptien et qui attendait de connaître le succès.

Je venais juste d'installer un climatiseur, avec vingt-cinq pour cent de rabais vu la date tardive en saison. C'est mon gagne-pain. J'apporte le confort aux cuisines miasmatiques et dans les chambres délétères. Les gens qui ont essayé de survivre par la seule technique des courants d'air me portent de la gratitude.

Au rez-de-chaussée, le système était en bon état de marche, garanti, absolument parfait. Au premier, sous un plafond bas et non peint, cette Cindy-là était allongée au beau milieu d'une journée d'août. Front moite, bouche entrouverte entre deux bouffées, visage furieux trempé de sueur, presque sans fard sinon autour des yeux, mais un visage dont on prenait soin, joues débarbouillées et sourcils bien brossés : c'était un compte de dépôt de la caisse d'épargne des vitamines que cette héritière bien luisante d'un gros sac de sous à la banque.

« Tu n'as pas trop chaud ? », demandai-je.

« Je bous », dit-elle.

« Pourquoi rester ici ? », j'ai demandé, genre brave bougre.

« Ça me regarde », dit-elle.

« Allons, allons mignonne », dis-je, « pas de ronchonneries ».

« Qu'est-ce ça peut te foutre ? », demanda-t-elle.

Je pris sa cigarette et l'éteignis entre mon index et mon pouce. Alors elle me regarda et vis qui j'étais, c'est-à-dire, non pas un syndicaliste ordinaire mais une façon tout à fait confortable de passer cinq minutes.

« Comment tu t'appelles ? », demanda-t-elle.

« Charles », répondis-je.

« C'est ton boulot, ça ? T'es le patron ? »

« Oui », dis-je.

« Ecoute, Charles, quand tu étais dans le secondaire est-ce que tu savais, toi, ce qui t'intéressait ? »

« Oui », dis-je « les filles ».

Elle se retourna sur le côté pour qu'on puisse discuter de ce problème face à face. Je me penchai à sa rencontre. Elle sourit. « Charles, je ne suis pas encore débarrassée de l'école et je n'arrive pas à décider ce que je veux faire à l'université. Je n'ai pas envie d'être quelque chose en particulier. Je ne sais pas quoi faire », dit-elle. « Qu'est-ce que tu penses que je devrais faire ? »

Je lui ai donné une réponse sérieuse, une vraie dose de sagesse. « D'abord, te laisse pas faire. De qui ils se moquent ? La plupart des gens ne sauraient pas quoi faire même avec un million d'années pour réfléchir. Tout le monde ne fait que devenir, pour ainsi dire ».

Elle leva un sourcil doré. « Tu crois vraiment, Charles ? Tu es sûr ? Ecoute, quel âge as-tu, toi ? »

« Trente-deux ans », dis-je aussi vite que la nuit tombe sous les Tropiques. « Trente-deux », je répétai, pour me rassurer puisque je soustrayais trois ans perdus dans l'armée ainsi que les deux premières années de ma vie dont le foutu souvenir m'échappe complètement de toute façon.

« Tu as l'air plus âgé ».

« C'est pas assez vieux trente-deux ans ? Ou alors c'est trop vieux ? »

« Oh non, Charles, j'aime pas les gosses. Dans l'ensemble, tu vois, ils sont ennuyeux. Ils n'ont rien à dire sur quoi que ce soit qui vaille la peine qu'on écoute. Ils se croient les plus forts. Ils ne savent même pas danser ».

Elle se laissa retomber en arrière, bras ballants de chaque côté du lit de camp. Elle fixait le plafond. « Et pour tout dire », ajouta-t-elle « ils ne savent même pas embrasser ».

Alors moi, Charles C. Charley, je l'ai embrassée, une fois, très légèrement, sur le bout de son nez — en manière de plaisanterie, je le jure solennellement.

A ce geste, elle répliqua : « Es-tu marié, par hasard ? »

« Non », dis-je, « et toi ? »

« Oh, Charles », dit-elle, « comment pourrais-je être mariée ? J'ai même pas passé mon bac ».

« Tu dois être en troisième année », dis-je en passant ma langue sur mes lèvres.

« Oh, Charles », dit-elle, « c'est ce que je veux dire. Si tu étais un gosse comme Mike ou Sully ou je ne sais pas qui, tu deviendrais dingo. Chaque fois qu'ils m'embrassent, tu dirais que le monde entier va changer. C'est pas des blagues, Charles, ils perdent la respiration, ils éternuent — juste quand ça commence à te venir. Ils s'arrêtent au beau milieu pour te raconter des histoires cochonnes ».

« Voyez-moi ça ! », dis-je. « Et si on essayait quelqu'un qu'aurait passé seize ans ».

« T'y frotte pas », dit-elle, d'un air paisible et heureux. « En tout cas, parle plus bas. Juste un murmure. Si mon père rentre à la maison et m'entend seulement parler d'embrasser, il nous tuera tous les deux ».

J'ai ri. Mes ateliers d'admiration avaient repris leur production et j'ai pas compris ce qu'elle voulait dire.

En revanche j'ai remarqué que tout ce qui touchait à cette Cindy était nouveau et inhabituel. Les différentes parties de sa personne, visibles ou enveloppées, avaient été fabriquées pour être exposées. Tous les os de l'enfance et de la vieillesse, avec leurs exagérations, étaient enrobés de couches régulières de douillette chair de fille.

Je lui offris une autre cigarette. Je me levai et évitant les poutrelles, j'arpentai la chambre en longeant le lit de camp. Elle tenait sa nouvelle cigarette à bout de bras et la regardait en louchant. Des cendres tombèrent comme de jolies petites plumes. Je me penchai et me rapprochai assez pour occuper une position confortable. Puis je soufflai sur les cendres pour les disperser.

Je songeai à solliciter l'aide de la sagesse divine dans l'esprit de la grande renaissance spirituelle de notre époque. Mais dans ce genre de conversation décidue, je suis trop empoté. Je me demandais si, en tant que créature de Dieu, sous la voûte étoilée, j'avais le droit moral de me soustraire à un événement, à un fait d'histoire pour éviter une expérience ou même l'ébauche d'une aventure.

Je rallumai sa cigarette. Puis je dis, sans rythme aucun, comme quelqu'un privé de toute aptitude : « Qu'est-ce que tu en penses, Cindy, écoute, tu auras des ennuis avec ta famille si on sort ensemble ? J'aimerais passer une longue et bonne soirée avec toi. Je n'ai pas parlé à quelqu'un de ton âge depuis longtemps. Ou alors on pourrait aller se baigner, ou danser, je sais pas. Mais je voudrais pas que tu aies des ennuis.

Ça aiderait si c'était moi qui demandais à ta mère ? Tu crois qu'elle te permettrait ? »

« C'est pas demain la veille », dit-elle. « Personne me dit avec qui je sors. Personne. J'ai un nouveau maillot de bain, Charles. J'aimerais bien aller me baigner ».

« Je parie que dans ton maillot, t'as l'air d'un sac de patates ».

« Oh, Charley, arrête de te foutre de moi ».

« D'accord », dis-je. « Mais ne m'appelle pas Charley. Charley c'est mon nom de famille. Charles est mon prénom. L'initiale du milieu c'est un C, Charles C. Charley : voilà qui je suis ».

« D'accord », dit-elle. « Je m'appelle Cindy ».

« Je sais », dis-je.

Puis je lui ai dit au revoir et je l'ai laissée à moitié suffoquée par la transpiration, toujours allongée, en train de fumer une autre cigarette et fixant d'un air rêveur une poutre d'où pendait une vieille maison de poupée avec quatre chambres à l'étage.

Dehors, le cœur léger, je tirai ma révérence à toute la maisonnée, de la salle des fracas familiers au grenier à géométrie variable. Je sautai sur mon triporteur et poursuivis mes missions de miséricorde dans la capitale de ce plantureux comté émaillé de sycomores.

A quatre heures du matin le samedi suivant, je remis Cindy en personne à son huit pièces cuisine et salles de bains (deux et demie pour être exact). Mrs Graham nous attendait. Elle ne m'a pas jeté un regard. Elle s'est mise à pleurer. Puis elle a reniflé et s'est arrêtée de pleurer. « Cindy, c'est trop tard. Papa est allé à la police. Nous avions peur pour toi. Il est allé voir le Lieutenant ». Puis, morne et désolée, elle reprit son attente. Sous ses yeux, l'amie qu'elle avait élevée pendant des années, la confidente qui lui rendait sa jeunesse, l'avait abandonnée. Ça me faisait de la peine pour elle. Je pensais que Cindy devrait lui apporter une boisson fraîche. Je souhaitais dire : « Ne vous faites pas de souci, Mrs Graham. J'ai pas sauté la petite ».

Mais Cindy était en éruption. « J'en ai par-dessus la tête de ces conneries ! », hurla-t-elle. « J'en ai par-dessus la tête, pour de bon, de tous ces boniments. Chaque fois que je rentre un peu tard à la maison, vous appelez la police. C'est la troisième fois, la troisième fois ! J'en ai par-dessus la tête de toi et de Papa. Je déteste cette maison. Je déteste vivre ici. Je vous l'ai dit l'an dernier. Je déteste ça. Je déteste cet endroit et ses trains à la manque et il y a même pas de bus et j'ai pas le droit de conduire. Je déteste tous les gosses qui vivent ici. Tous des demeurés. Et puis vous me suivez partout. Je vous déteste tous les deux. J'aimerais être en Chine ». Elle tapa du pied trois fois puis monta en courant dans sa chambre.

Comme ça, elle évitait son père qui passa devant moi en grognant alors que j'étais encore sur le pas de la porte. J'étais en train de réconforter Mrs Graham. « Vous savez que l'adolescence est une période difficile... ». Mais il m'interrompit. Il jeta un coup d'œil par-dessus son épaule, vit qu'il s'agissait bien de moi et se retourna pour me parler face à face, comme un homme. « Et alors, fils de pute, qu'est-ce que vous avez bien pu foutre ? »

« Vous n'avez rien à craindre, Mr Graham. Nous nous sommes juste promenés en bateau ».

« Tu ferais mieux d'appeler la police et de leur dire que Cindy est de retour, Alvin », dit Mrs Graham.

« Jusqu'où vous êtes allés ? A Greenwich Village ? »

« Non, non », dis-je, avec calme. « J'ai emmené Cindy à Pottsburg — c'est l'un de ces parcs d'attractions de l'autre côté du port. La traversée prend deux heures. On danse sur le bateau. Nous avons raté le bateau et il nous a fallu attendre deux heures de plus, puis nous avons raté le train ».

« Et ce bateau va directement à Pottsburg ? »

« Oh oui », dis-je.

« Alvin, je t'en prie », dit Mrs Graham, « appelle la police. Ils vont passer la ville au peigne fin ».

« D'accord. D'accord », dit-il. « Où est Cindy Anne ? ».

« Elle dort probablement », dit Mrs Graham. « Je t'en prie, Alvin ».

« D'accord. D'accord », dit-il. « Monte toi aussi, Ellie. Allez va, ne discute pas. Monte te coucher. Je veux parler un instant à Monsieur Rappelez-Moi-Votre-Nom. Allons, va, Ellie, avant que je me mette en colère ».

« A vous maintenant », dit-il, en se tournant vers moi. « Allons dans mon antre ». Il montrait la direction d'un geste de sa puissante épaule. Je le précédai.

J'avais de la peine à le distinguer à travers la brume du petit matin mais j'avais une idée des lignes générales. C'était un grand type costaud, avec quelques années de plus que moi, un peu plus d'argent, de statut social et juste assez de prestige dans sa communauté pour l'empêcher de faire quoi que ce soit. Tout ce qu'il pouvait faire, c'était gueuler comme un âne dans son propre salon, au milieu du bruissement des crinolines.

« Tu sais, fiston », dit-il, en se penchant vers moi plein d'aménité, « si tu restes pas à l'écart de ma gosse, plus exactement, si jamais je te vois avec elle, je me prends ce genou que tu vois là » — il le montrait du doigt — « et je te l'envoie là où je pense ».

« Mais qu'est-ce que j'ai fait ? »

« T'as rien fait et t'es pas près de faire quelque chose. Tiens toi loin... Ecoute », dit-il sur le ton de la confidence, d'homme à homme. « A quoi bon ? C'est une gosse. Elle sait pas la différence entre le haut et le bas ».

Je le regardai pour voir s'il croyait vraiment à ça. Si j'en crois l'air détendu de son visage et l'expression sincère de son regard, il fallait bien que j'en conclue, quant à moi, qu'il y croyait vraiment.

« Mr Graham », dis-je, « je suis venu chercher Cindy à la porte de sa maison. C'est votre femme qui est venue m'ouvrir. J'ai pas agi en douce ».

« Arrête tes boniments », dit-il.

« Bon, d'accord, Mr Graham », dis-je. « C'est pas moi qui ferai des histoires. Qu'est-ce que vous voulez que je fasse ? »

« Je veux pas te voir rôder autour d'ici ».

Je fis semblant de réfléchir à la chose. Mais je savais ce que j'avais à faire. Il me fallait une ou deux heures de sommeil avant le jour. « Je vais vous dire, Mr Graham. Je suis pas le genre à faire des histoires. Je ne verrai plus Cindy, un point c'est tout. Mais il y a un truc qu'on ne peut pas ne pas faire — de son point de vue. Que le diable me... ».

« T'emporte, toi, c'est bien ça », dit-il, « c'est quoi ? »

« Je pense qu'un petit mot s'impose, une petite lettre expliquant tout ça. Je ne veux pas qu'elle croie que je la déteste. Il faut faire attention avec les enfants de cet âge. Ils sont sensibles. J'aimerais lui écrire ».

« D'accord », dit-il. « C'est une bonne idée, Charley. Tu fais ton petit truc et de mon côté, je considère qu'on est quitte. Je sais comment on se sent près de la touche. Il fait froid. Je t'en veux pas d'avoir essayé. Mais cette gosse-là a une famille pour veiller sur elle. Et je vais te dire autre chose. Je suis le genre de père qui a pas peur de foutre la râclée à sa gosse si besoin est — et ces dames du *Ladies Home Journal* peuvent toujours faire des bulles avec leur Perrier si ça leur chante. Moi, je m'en tape. D'accord ? », demanda-t-il en se levant pour conclure. « Tout est clair ? »

« Je suis au bout du rouleau », dit-il d'un ton plus aimable. Puis il ajouta dans un dernier grognement à l'adresse du vagabond de passage : « Mais tu ferais mieux d'éviter de revenir dans ce quartier ».

« Bon, à bientôt », dis-je, espérant disparaître de sa vie. « Evitez quand même les capotes tricotées ». Mais quand il se rua à mes trousses, j'avais disparu.

Deux jours plus tard, j'étais assis tranquillement dans mon petit bureau, à l'ombre d'un sycomore mourant. J'avais trois affaires à régler, contrats signés, paiement comptant à la livraison et si je n'étais pas un type aussi décontracté j'aurais été dehors en train de faire moisson de légitimes prébendes. Je lisais un petit livre intitulé *Gens du Moyen Age* auquel je prenais plaisir parce que je m'intéresse à l'Homme en tant que personne. C'est mon dada. (J'aurais dû être psychologue. J'ai de l'oreille). Je mangeais un sandwich géant. Au-dessus de ma tête une enseigne dorée annonçait CLIMATISEURS AERI. Du sommet des Monts Aeri au fin fond des Gorges Rushing, Aeri est toujours présent Quand l'Homme Bâtit pour l'Homme.

La sonnerie en sourdine du téléphone se fit entendre.

C'était Cindy que je saluai d'un joyeux bonjour, mais elle pleurait. Elle dit trois fois d'affilée : « Oh, je regrette. Oh, je regrette. Oh, je regrette ».

« Moi aussi, chérie ». Je me demandais comment la consoler. « Mais tu sais, il y a de la contre-partie. Ton papa te prépare un avenir vraiment beau ».

« Non, Charles, c'est pas de ça qu'il s'agit. Tu ne sais pas ce qui s'est passé. Charles, c'est terrible. C'est tout de ma faute ; il va te faire mettre en prison. Mais il m'a tellement énervée... C'est ma faute, Charles. Il est fou ; il plaisante pas ».

Même sur le pâle reflet que je faisais sur la vitre incolore, je pâlis encore. « Bon », dis-je. « Ne pleure plus. Dis-moi la vérité ».

« Oh, Charles... », dit-elle. Puis elle décrivit les événements de la soirée précédente. Les voici, tels que je les tiens de la bouche de Cindy.

« Cindy », dit Graham, « je nc veux pas que tu traficotes avec un type comme ça — il a l'âge d'être ton père — ou presque ».

« Oh, par pitié, Papa, il est très gentil. C'est un merveilleux danseur ».

« Je n'aime pas ça, Cindy. Mais pas du tout. Rien que l'idée que tu aies dansé avec lui ! Il y a beaucoup de choses que tu ignores, sur les choses et les gens, Cindy. Je n'aime pas l'idée que tu aies dansé avec lui. Je désapprouve jusqu'au fait qu'un homme de cet âge ait mis son bras autour de la taille d'une adolescente comme toi. Tu sais que je veux tout ce qu'il y a de mieux pour toi, Cindy Anne. Je veux que tu aies une vie riche et pleine. Poursuivre l'amitié que tu as pour lui, même si elle est aussi agréable et innocente que tu le prétends, ne peut être qu'un handicap. Je veux que tu quittes la maison pour aller faire des études et que tu vives une vie merveilleuse avec des jeunes gens de ton âge, que tu danses avec eux et puis, tu sais, peut-être que tu tombes amoureuse ou bien... Je ne suis pas complètement aveugle et stupide. Tu sais, j'ai été jeune, aussi ».

« Mais, Papa, tu es encore plein de vie, bon Dieu ! »

« J'espère bien. Mais ce que je veux dire, ma chérie, c'est que j'ai demandé à cet homme, je veux dire Charles, de bien vouloir se tenir à l'écart et de t'écrire une gentille petite lettre et il a accepté, parce qu'après tout, t'es une très jolie jeune fille et les gens sont souvent tentés de faire des choses qu'ils ne veulent pas faire, même quand ils sont très gentils ».

« Tu lui as demandé de se tenir à l'écart ? »

« Oui ».

« Et il a accepté ? »

« Oui ».

« Est-ce qu'il a dit qu'il pourrait être tenté ? »

« Hé bien, à la vérité, il a dit que... »

« Il a juste accepté ? Il ne s'est même pas mis en colère ? Il a même pas dit qu'il voulait me revoir ? »

« Il t'écrira, ma chérie ».

« Il m'écrira ? Il a dit qu'il m'écrirait ? C'est tout ? Mais il me prend pour qui ? Une imbécile ? Une demeurée ? Une des petites écervelées de l'autre bout de Main Street ? Mais où il se croit, ce gros cafouilleur... Pour qui il me prend ? Ah, il voulait même pas me revoir ? Ah, il va m'écrire ! »

« Cindy ! »

« C'est tout ? C'est tout ce qu'il voulait de moi ? Il va m'écrire une lettre ? Papa... Papa... »

« Cindy ! Que s'est-il passé hier soir ? »

« Pourquoi tu fourres toujours ton nez dans mes affaires ? Il t'arrive jamais rien à toi ? J'avais cinq minutes de tranquillité ! Pourquoi faut-il toujours que tu sois là à fourrer ton nez dans mes affaires ? »

« Cindy, est-ce que tu as traficoté avec cet homme ? »

« Mais pourquoi tu ne peux pas me laisser tranquille cinq minutes ? Y'a donc personne qui ait besoin de toi quelque part ailleurs ? Mais qu'est-ce que tu veux donc de moi ? »

« Cindy ». Il la saisit au poignet. « Cindy ! Réponds-moi ! Tout de suite ! Qu'est-ce que tu as traficoté ? »

« Arrête de hurler. Je ne suis pas sourde ».

« Cindy, tu as traficoté avec ce type ? Réponds ! »

« Fous-moi la paix ! », cria-t-elle. « C'est tout ce que je demande ».

« Réponds-moi tout de suite ! »

« D'accord, je vais te répondre puisque tu le veux », dit-elle. « J'ai pas traficoté avec lui. Pas du tout de traficotage. C'est toi qui m'as demandé. Pas de traficotage du tout. Je suis montée sur le pont des embarcations et je me suis couchée sous le canot de sauvetage et j'ai fait ça avec Charles ».

« Tu as fait quoi ? », demanda son père, dans un souffle.

« Et en plus ma robe bleue y est passée », hurla-t-elle. « Et tu es tellement bête que tu t'en es même pas aperçu ».

« Ta robe bleue ? », demanda-t-il, osant à peine respirer de peur de rater la réponse. « Pourquoi, Cindy Anne ? »

« Parce que j'en avais envie. J'en avais envie ! »

« Quoi ? », demanda-t-il, vaguement.

« J'en avais envie, Papa », dit-elle.

« Oh, mon Dieu ! », dit-il, « Mon Dieu, mon Dieu, qu'ai-je donc fait ? ».

Une demi-heure plus tard, Mrs Graham revint, chargée de provisions venant du Centre Commercial de Kriss Kross. Cindy pleurait dans la cuisine et, dans la salle de télé, Mr Graham était assis dans son fauteuil simili-cuir rouge, les yeux fermés, murmurant à travers ses lèvres pâles : « Légalement, c'est un viol... Incitation de mineur à la débauche... »

Cindy, ma petite camarade, descendit l'allée latérale du tribunal de son air nonchalant, un grand sourire rouge aux lèvres et l'affection pour la cour tout entière peinte sur le visage. Elle tortilla un peu les fesses pour exprimer l'idée qu'elle était une petite pute adolescente et que je ne pouvais pas être tenu pour responsable. Personne ne l'a crue. De toute évidence c'était la pauvre enfant d'une cheftaine de guides à peine roussie par le vice d'autrui.

De plus — avec philosophie et une certaine lourdeur — j'avais décidé que mon destin était scellé. D'accord, d'accord, d'accord, j'avais dit au monde, en plongeant mon regard vers mon monde intérieur, j'ai dominé l'angoisse de l'incarcération. Si une période de découverte de soi dans des circonstance draconiennes s'impose, j'acceptais volontiers de me soumettre au fait que cette mystérieuse décision du Seigneur avait peut-être pour fin ultime d'accomplir des miracles. (Nehru, si j'ai bien compris, a rédigé la plupart de ses ouvrages en prison). N'allez pas croire qu'il y ait en moi une tendance particulière à la religiosité. Aucune doctrine n'a donné forme à l'idée que je me fais de Lui : taille, forme ou coefficient intellectuel.

Mais toute adaptation aux circonstances mise à part, j'éprouvais quelque embarras à voir soudain apparaître ma mère, que les journaux locaux étaient allés débusquer chez elle. Elle s'assit aussi près de moi que le permettait la disposition générale du tribunal et murmurait à chaque occasion, « c'est une traînée » ou « tu es un imbécile ». Quand nous fûmes autorisés à communiquer, elle me dit : « Hé bien, Charles, t'es devenu un vrai Chef Sioux ».

Elle se fichait de moi ? Ou alors elle était fière de moi ? Peut-être même qu'elle s'en foutait pas mal. Moi, Charles C. Charley, tout bouffi de peur, je ne suis plus le bébé qui étouffait sous son téton gauche. Je ne suis plus le petit garçon qui l'attendait tous les soirs à la porte de l'usine. Je ne suis même plus l'appelé du contingent qui lui envoyait des éléments détachables d'une église italienne.

« Quelle sorte d'enfant était votre fils ? », demanda mon imbécile d'avocat. Elle le regarda droit dans les yeux, le clavier de son visage épais verrouillé dans le silence. « Je répète, Mrs Charley, quelle sorte d'enfant était votre fils ? »

Après quelques minutes d'absence, elle répondit : « Je sais pas grand chose sur mes garçons ; ils me surprennent toujours ». Puis ses lèvres se joignirent, ses mains se nouèrent et ce fut tout comme commentaire sur le sujet.

Mon conseil, une nullité issue du néant, essayait d'inventer un milieu familial touché par la démence auquel je n'aurais eu aucun espoir d'échapper. « C'est tout de même un drôle de nom, compte tenu du nom de famille, Charles C. Charley, n'est-ce pas Mrs Charley ? Comment en êtes-vous venue à choisir ce nom ? »

« Quel est le vôtre, Monsieur ? », demanda poliment ma mère.

Avec un sourire enfantin, il répondit : « Edward Johnson, Madame ».

« Ha ! Ha ! Ha ! » fit ma mère.

Quand vint mon tour, il demanda : « N'étiez-vous pas amoureux de Mademoiselle Graham, une jeune femme un peu aguicheuse, quand vous avez perdu la tête ? Oui, n'est-ce pas ? »

« En général », répliquai-je, « il y a de l'amour lors de l'union physique. La littérature du monde occidental la décrit comme un acte d'amour ».

« Juste », dit-il, sans qu'aucun acte de cérébration soit vraiment perceptible. « Et vous aimiez Mademoiselle Graham, n'est-ce pas ? » Il la désignait du doigt, sur son banc. Elle s'était lavé les cheveux le matin même. Elle portait un fourreau doré à la chinoise, fendu sur les côtés probablement pour laisser voir l'éclat de la peau bronzée de ses mollets. Son joli petit postérieur bien rond était douillettement niché dans le siège inhospitalier de la Justice.

« Je pense que oui », dis-je.

Finalement l'avocat de la partie civile put s'occuper de moi. Il connaissait Cindy depuis une enfance plus tendre que son enfance actuelle, dit-il, mot pour mot. Il était au bord des larmes. Il n'avait pas un poil à lui sur le caillou. Quand je dis ça, c'est de la description pure et simple, et non pas du commentaire accessoire, qui m'est interdit, vu que ma tignasse n'est pas du meilleur effet.

A ce jour et bien que le temps ait donné aux choses une nouvelle dimension, j'ai toujours pas compris à quoi tendaient ses questions pas plus que celles de mon écervelé d'avocat. J'avais plaidé coupable. Je n'étais pas opposé à un châtiment puisque nos joyeux ébats constituaient, semblait-il, un délit. Et pourtant, ça parlait toujours. Je comprends bien qu'il leur fallait justifier leur formation — toutes ces années à l'université. Des types comme eux, il faut faire feu de tout bois ou rester assoupi à tout jamais.

« Bien », commença-t-il, écrasant une larme. « Charles C. Charley, vous nous avez dit que vous aimiez cette petite fille à ce moment-là mais que vous ne l'aimiez pas avant ou après et que vous ne l'aimiez pas depuis ? »

« Je n'ai aucune raison de mentir », dis-je. « Je suis dans les mains de Dieu ».

« De qui ? », gueula le juge.

Puis ils se mirent tous à marmonner en s'efforçant de voir quoi faire de cet usage méprisable du saint vocabulaire.

Bien sûr, ils ne pouvaient pas dire que nous ne sommes pas dans les mains de Dieu, alors que, pour autant qu'ils le sachent, c'est bien le cas.

Le rayonnant avocat de Mr Graham revint à moi. « Mr Charley, aimiez-vous Cindy Graham à ce moment là ? »

« Oui », dis-je.

« Mais vous ne l'aimez pas maintenant ? », demanda-t-il.

« Je n'y ai pas réfléchi », dis-je.

« L'épouseriez-vous ? », demanda-t-il sèchement, en se retournant vers le jury. Il se sentait finaud.

« Ce n'est qu'une enfant », dis-je. « Comment pourrais-je l'épouser ? Le mariage entraîne toutes sortes de responsabilités. Elle n'est pas prête à ça. De plus la différence d'âge... est trop importante. Soyez réaliste », plaidai-je dans l'espoir de convaincre cette tête de bois.

« Vous refuseriez de l'épouser ? », demanda-t-il avec comme un sanglot aigu dans la voix.

« Oui Monsieur ».

« Bonne à violer mais pas bonne à chérir pour la vie ? »

« Eh bien », dis-je calmement, en refusant de rentrer dans le jeu de son hystérie et sans citer aucun nom, « c'est bonnet blanc et blanc bonnet ».

« Ainsi donc, vous, un homme mûr, un adulte, vous avez pris sur vous, bien que vous fussiez conscient des pièges qui guettent une jeune fille, que dis-je ? une enfant, en pleine croissance — Cynthia Anne Graham — vous avez pris sur vous de décider qu'elle était prête à voir sa virginité dévastée pour satisfaire vos appétits bestiaux et égoistes ».

Après cette petite séance de badinage, je l'ai bouclée. Parce que Cindy allait vivre parmi eux pour le reste de ses jours, je gardai un tel silence qu'aujourd'hui encore j'en suis muet de respect pour moi-même.

Cette bande de naufragés rejetés sur les rives marécageuses de la vie avaient donc l'impression que j'étais le premier. Ce n'était pas le cas. Je ne me distingue pas par mon inventivité ou ma créativité ; je prends mes tuyaux dans l'univers même et j'ai jamais été le premier en rien. Pour dire vrai, dans ce cas, je n'étais guère que le cinq ou sixième. Je ne dis pas ça pour faire du tort à Cindy. Il faut bien qu'une personne commence quelque part. Pourquoi donc la vérité troublait-elle tellement Mr Graham ? Partout dans le monde, les gourmets commencent par la voracité avant de savoir goûter avec finesse. J'avais déjà vu ça ; dans cinq ou six ans, elle serait une femme belle et raffinée qui pourrait épouser un notable utile à la communauté et elle transfèrerait sur lui ses mœurs légères. Aucun de mes adversaires n'avait plus de dix ans que moi, mais ils avaient la mémoire courte (et je serais pareil si je ne faisais pas attention à garder le contact avec la jeunesse).

Au milieu de mes méditations, pendant que la cour attendait avec patience une honnête réponse, Cindy éclata en sanglots déchirants et se mit à hurler : « Laissez-le tranquille, laissez-le tranquille. C'est pas sa faute si j'ai le feu. Si vous la fermez pas je dirai au monde entier que j'ai le feu. C'est moi qui lui ai fait faire, c'est moi... »

De mon point de vue, nécessairement limité, on aurait dit que le Tribunal se réduisait à une pomme de touline secouée de vibrations. Le père et la mère de

Cindy la détortillèrent et deux employés municipaux la firent disparaître. Les deux adversaires en robe bourdonnèrent entre eux puis avec le juge. Deux journalistes titubaient d'un groupe à l'autre, parmi les convulsions générales. Ma mère profita du désordre pour dire : « Charles, ils ont un grain ».

Les acteurs rétribués hochaient la tête. Le juge réclama de l'ordre, puis ordonna une suspension de séance. Mon avocat et deux flics m'emmenèrent dans une salle couverte de lambris foncés où se trouvait une table d'acajou genre conseil d'administration entourée de chaises genre conseil d'administration. « Vous n'avez pas donné une seule réponse correcte », se plaignit mon avocat. « Maintenant écoutez-moi. Restez ici et fermez-là, nom de Dieu. Je vais parler aux Graham ».

Je restai seul une heure et demie si on ne tient pas compte de l'agent qui me surveillait en baillant d'ennui. Pendant ce laps de temps je passai en revue Cindy et ses options diverses ainsi que la signification de la vérité. J'approchais à peine la tangente au Grand Cercle de la Vie, dont je ne suis qu'un diamètre irrévocable parmi tant d'autres, quand ma mère fit son entrée. Elle avait eu le temps d'aller acheter du blé germé, des carottes et des pommes couvertes de bactéries naturelles. Son état de santé exige des denrées innocentes. Mr et Mrs Graham venaient ensuite, avec ma ténébreuse petite Cindy. Mrs Graham n'arrêtait pas d'essuyer le rimmel qui avait coulé sur ses joues. Mr Graham, dont les questions et les réponses étaient toujours pleines de bon sens et sans détour, dit : « Bon, Charles, ça va. Nous avons décidé de retirer notre plainte. Toi et Cyndy vous allez vous marier ».

« Quoi ? », dis-je.

« Tu m'as bien entendu... Je suis contre. Je pense qu'une vermine dans ton genre est plus à sa place en prison. Si ça tenait qu'à moi tu pourrirais en prison quoi qu'il m'en coûte. J'ai vu pire que toi mais pas tellement. Toi et Cindy vous vous mariez la semaine prochaine. D'ici là tu habites chez nous, Charley. Cindy a assez raté l'école comme ça. C'est une année très importante pour elle. Je ne dirai qu'une chose. T'as intérêt à être réglo, Charley, sinon je te fends le crâne avec un couteau de cuisine ».

« Dites-donc... », dis-je.

Ma mère y mit son grain de sel. « Charles », dit-elle, « mon fils, réfléchis une minute. Qu'est-ce qu'il adviendra de moi si tu vas en prison ? Elle est très jolie. Tu ne rajeunis pas. Qu'est-ce qu'il adviendra de moi ? Mon fils... », dit-elle.

Elle se tourna vers Mrs Graham. « C'est dur d'être âgée et de ne pas avoir son indépendance financière. J'espère que vous êtes bien assurée ».

Mrs Graham lui tapota gentiment l'épaule. Ma mère considéra ce geste comme un encouragement et elle développa sa pensée. « Quand on y réfléchit bien, tout ça c'est des histoires pour pas grand chose. Je répète toujours qu'ils s'amusent tant qu'ils sont jeunes. Comme ça, vous voyez », dit-elle les yeux perdus dans la foule de ses souvenirs, « ça vous donne au moins quelque chose à vous rappeler ».

Mrs Graham retira sa main et rougit de peur.

« Tu ne veux pas m'épouser ? », demanda Cindy, reprise par les sanglots.

« Chérie... », dis-je.

« Bon, alors c'est décidé », dit Mr Graham. « Je trouverai une bonne maison dans le quartier. Pas d'enfant pendant quelque temps Charley, il faut qu'elle finisse l'école d'abord. Quant à toi », dit-il, « parlons peu et bien ; tu as une bonne petite affaire. Je veux que mon comptable examine tes livres. S'ils sont comme je l'espère, dans six mois, tu fais ton beurre. Tu auras la plus grosse affaire de climatisation du comté. T'es qu'un minable, t'as même pas aperçu les possibilités que tu avais dans une communauté comme la nôtre ».

« J'aimerais bien fumer », dis-je.

« Interdit de fumer ici », dit mon avocat qui avait maintenant conclu ma vie par une fin heureuse.

C'est ainsi que j'ai apaisé les décideurs et que je vis avec Cindy les événements qui se présentent.

Grâce à l'intervention de mon beau-père, je suis devenu concessionnaire exclusif pour une marque de réfrigérateurs et de congélateurs de première qualité. Si vous pouvez seulement imaginer un acte aussi répréhensible, dites-vous que la concession a été obtenue au nez et à la barbe d'un homme qui avait trente ans de métier et qui rêvait de cette concession comme d'un tribut suprême rendu à ses efforts incessants dans les cuisines d'Amérique. Si quelqu'un me tendait la première pierre, je n'aurais pas honte de la jeter. Mais sur qui ?

Vivre avec Cindy n'est pas sans agrément. On acquiert un savoir non négligeable lorsqu'on vit sous le toit d'une autre génération. D'abord et avant tout, elle parle toujours aimablement de l'avenir. A mon avis, dans six ou sept ans, ce sera une merveilleuse jeune femme, je lui souhaite bonne chance. A cette époque-là, nous serons de parfaits étrangers l'un envers l'autre.

Deux brèves histoires tristes tirées d'une vie longue et heureuse

1. Les éleveurs de garçonnets d'occasion

C'étaient deux maris déçus par les œufs.

« Moi non plus je ne les aime pas comme ça », dis-je. « Allez vous faire cuire vos propres œufs ». Ils soupirèrent à l'unisson. L'un d'eux était blême ; l'autre blafard.

« Y'a rien à boire dans cette boîte, bien sûr ? », demanda Blême.

« C'est pas ici que tu t'en jetteras un », dit Blafard. « Ne cherche pas ; putain de maison d'abstinents ». Blême repoussa les œufs ; douleur et écœurement en sautoir.

Blême dit : « Non, sans blague, rien à écluser ? Pas de bière ? », demanda-t-il avec une lueur d'espoir.

« Rien », dit Blafard, qui avait fouillé les garde-manger, les placards et les frigidaires à la recherche d'une chemise blanche.

« Et comment ! », dis-je. Je boutonnai le dernier bouton de ma blouse bleu anglais. Je me penchai sous la table de la cuisine pour récupérer un sac d'épicerie contenant une broderie où s'inscrivait une supplique demandant à Dieu de Bénir Notre Maison.

J'achevais de broder cette supplique en vue de la protection de mes fils, qui étaient aussi ceux de Blême. C'est vrai que quelques mois plus tôt, de quelque pays lointain — les plaines britanniques d'Afrique — il avait écrit à Blafard avec une grande affabilité : « Je pense vraiment que ce sont des garçons bien, tu comprends. Je les aime moi aussi, mais Faith est leur mère et maintenant Faith est ta femme. Je suis tellement loin. Si tu veux les considérer comme les tiens, mon vieux, vas-y ».

« Eh bien, merci », avait répondu Blafard, confus, par courrier aérien. Puis il supplia les garçons d'aller jouer dans leur chambre quand ils n'étaient pas en service. Il faisait tout son possible pour être gentil.

Pendant que nous parlions du temps passé et présent, je piquais l'aiguille dans le petit ranch niché à l'ombre d'un nuage et d'un érable norvégien, juste sous la légende d'or.

« Ha-ha », dit Blême, laissant goutter son café sur son pantalon de pyjama, « tu ne devineras jamais qui j'ai rencontré, Faith ? »

« Qui donc ? », demandai-je.

« Vu ton ancien petit ami Clifford au Coq Vert. Il a l'air d'aller bien. Faut le dire », ajouta-t-il à l'intention de Blafard : « elle prend bien soin de ses hommes ».

« Juste », dit Blafard.

« Comment va-t-il ? », demandai-je calmement. « Qu'est-ce qu'il devient ? Ça fait deux ans que je ne l'ai pas vu ».

« Oh, tu ne devinerais jamais. Il se marie. Avec un vrai chou. Elle l'accompagnait. Des petits petons, des petites fesses rebondies, un petit ventre — elle doit avoir vingt-deux ans, mais elle en paraît dix-sept. Une longue natte blonde dans le dos. Un vrai chou. Nez retroussé, lèvre inférieure petite et gourmande. Les yeux faits au crayon. Les épaules tombantes comme une danseuse... un cou de cygne. Oh, un chou, un vrai chou ».

« Tu l'as vraiment bien observée », dit Blafard.

« J'ai une rétine en bon état », dit Blême. Puis il continua : Tu ferais bien de te méfier, Faith. Tu serais étonnée de voir éclore toutes ces petites poulettes. Toutes ces écolières radieuses jouant de leurs grandes prunelles noires. J'espère que cette fois-ci tu es vraiment casée. Pour moi, ce qui est sous les eaux n'existe plus ; toutefois, tu demeures un personnage important dans ma vie, historiquement parlant », dit-il. « Et c'est pourquoi je me sens le droit de t'avertir. Fais gaffe, ma belle », dit-il en se penchant pour me glisser ça à l'oreille non sans rudesse et me filer un horrible mal de ventre.

« Qu'est-ce que tu racontes ? », demanda Blafard d'un ton innocent. « Primo, elle est casée... et deuxio c'est encore une belle femme. Regarde-la ».

« Oh, oui », dit Blême en se tournant vers elle. « Une belle femme. Splendide, parfois ».

Nous gardâmes le silence quelques secondes pour rendre hommage à cette généreuse remarque.

Puis Blême reprit : « oui, magnifique, mais je voulais simplement t'avertir, Faith ».

Finalement, il repoussa ses œufs et se souvint de Clifford. « Un mystère enveloppé d'une énigme... Je me demande pourquoi il veut se marier ».

« Je ne sais pas », dis-je, « ça met simplement un fil à la patte d'un homme ».

« Et pourtant », dit Blafard sérieusement, « qu'est-ce que je serais sans le mariage ? » Dans l'illumination du souvenir, il répondit : « Un joyeux drille ».

A ce moment-là, les garçons entrèrent : Richard le voleur de chevaux et Tonto la fine gâchette.

« Papa ! », crièrent-ils. Ils palpèrent Blême, le chatouillèrent, déboutonnèrent sa veste de pyjama, sifflèrent à la vue des nombreux poils gris qui ornaient sa poitrine. Ils lui tirèrent l'oreille et caressèrent sa barbe à rebrousse poil.

« Assez, assez », menaça-t-il. « Comment ça va les garçons, ça marche ? Vous avez l'air en forme, costauds. Et les études ? » demanda-t-il. Il se plaisait à imaginer qu'ils venaient d'arriver d'Eton pour les vacances.

« Je ne vais pas à l'école », dit Tonto, « je vais au parc ».

« J'aimerais bien entendre lire le petit », dit Blême.

« Moi ! Je sais lire, Papa », dit Richard. « J'ai un livre de cent pages ».

« Bien, bien », dit Blême, « va le chercher ».

Je fis à nouveau du café. Je récurai des tasses et harcelai Blafard pour qu'il ouvre un pot poisseux de confiture de prunes de Damas. Rapidement, ce qui pouvait être lu fut lu et Blême, nouant énergiquement les cordons de son pantalon, s'approcha de la cuisinière où je me tenais. « Faith », m'admonesta-t-il, « ce garçon ne sait pas lire un traître mot. A sept ans ».

« Huit ans », dis-je.

« Oui », dit Blafard qui venait de se souvenir du placard à savons et y farfouillait à la recherche d'un litron. « S'ils étaient mes fils pour de vrai comme ils le sont dans la vie quotidienne, je les enverrais dans l'une des bonnes écoles paroissiales du voisinage où l'on apprend à lire. Lire. St Barthélémy, St Bernard, St Joseph ».

Blême s'empourpra et suffoqua. « Plutôt mourir. *Merde* », dit-il, par respect pour les enfants. « C'est vrai, j'ai dit que tu pouvais considérer les garçons comme les tiens, mais si jamais j'apprends qu'ils se sont approchés de cette église, je te ferai la peau, espèce de salaud. J'avais quatorze ans quand, guidé par mon bon sens, je suis sorti de cette caverne des forfaitures, la tête haute. Et toi, espèce de fils de pute, je me fous pas mal de savoir si c'est dans le vent maintenant, si c'est bien vu de se montrer sous un dôme le dimanche... Merde ! Hypocrisie. Corruption. Troglodytes. Idiots. Abrutis ».

Se rappelant son enfance et sa maison, le pauvre Blême se tortillait sur sa chaise. Blafard écoutait, la tête inclinée sur le côté, sourcillant sous le coup de la douleur.

« Tu sais », dit-il lentement, « nous autres iconoclastes... nous autres libres penseurs... nous autres francs-maçons des temps modernes... nous autres idéalistes... nous autres rêveurs... nous ne sommes jamais bien loin de notre anxieuse vieille mère, l'Eglise. Elle n'est jamais bien loin de nous.

Où que nous soyons, nous entendons, si faible soit-il, son carillon régulier sonner dans les campagnes, et l'écho se propage à travers les villes apportant à nos esprits civilisés la passion de Marie. Chaque heure, à l'heure juste, nous sursautons au rappel de ce qui fut fait pour nous. POUR NOUS ».

Blême marmonna sous l'emprise d'une intense souffrance : « Ces salauds, oh ! oh ! oh, ces méprisables sacrés nom de Dieu de salauds. Faut-il que nous revivions tout le dix-neuvième siècle encore une fois ? Très bien », hurla-t-il, en nous affrontant tous, je suis prêt. Ce Newman ! » Il se tourna vers moi en quête d'approbation.

« Tu sais », dis-je, « ce sujet ne m'a jamais spécialement intéressée. C'est ton cheval de bataille à toi ».

Blafard parlait doucement, le regard fixé au-delà des ogives empourprées de son âme. « En ce qui me concerne, bien que j'aie perdu Dieu depuis bien longtemps, je n'ai jamais perdu la foi ».

« De quoi diable parles-tu, espèce d'abruti ? », rugit Blême.

« Je n'ai jamais perdu mon amour pour la sagesse de l'Eglise du Monde. Quand je m'endors le soir, il m'arrive de prier par inadvertance. Cela m'arrive aussi quand je me lève. Ce n'est pas pour Dieu, c'est pour ce souvenir unificateur issu de l'enfance. Les premiers mots que j'aie jamais écrits furent : Que sont les sacrements ? Faith, pourras-tu jamais oublier ton vieux grand-père psalmodiant le Kaddish ? Cela résonnera dans tes oreilles à tout jamais ».

« Tu te fiches de moi ? » J'étais furieuse d'être embarquée dans leur conflit. « Le Kaddish ? Qu'est-ce que j'en sais du Kaddish ? Qui est mort ? Tu connais très bien mes opinions. Je crois en la Diaspora, non seulement en tant que fait, mais en tant que dogme. Je suis contre Israël pour des raisons techniques. Je suis terriblement déçue qu'ils aient décidé de devenir une nation, moi vivante. Je crois en la Diaspora. Après tout, *c'est* le peuple élu. Ne riez pas. C'est vrai. Mais une fois qu'on les a entassés dans un petit coin du désert, ils sont comme tout le monde : des Français, des Italiens, nationalités temporelles. Les Juifs n'ont qu'un espoir : demeurer un vestige dans le soubassement des affaires du monde — non, ce n'est pas ce que je veux dire — une écharde dans l'orteil des civilisations, une victime qui rongera les consciences ».

Blême et Blafard furent stupéfaits de ma sortie, car je donne rarement mon opinion sur un sujet sérieux ; je me contente de vivre mon destin qui veut que je sois, jusqu'au jour de ma mort, la rieuse servante de l'homme.

Je poursuivis : « J'entends dire qu'ils ne ressemblent plus à des Juifs. Une bande d'agriculteurs qui n'ont pas le temps de lire ».

« Mais c'est ton peuple », dit Blafard, accusateur, la narine dilatée, la mâchoire contractée. « Et ils n'ont jamais subi d'attaques plus violentes. Ce n'est pas le moment de les dénigrer ».

J'avais repris ma broderie. Je soupirai. Mon aiguille était maintenant en plein cœur des nuages gris perle à la tombée du jour. « Tout ce que j'essaye de dire c'est qu'ils ne sont pas faits pour la géographie mais pour l'histoire. Ils ne sont pas censés occuper de l'espace mais durer dans le temps ».

Ils me regardèrent avec tant de chagrin que je décidai d'envisager tous les aspects du problème. Je continuai : « le Christ a probablement eu tous ces ennuis — maintenant que vous en parlez — parce qu'il savait qu'il allait gagner le monde entier mais il a oublié Jérusalem ».

« Quand tu nous as épousés », dit Blafard, « n'as-tu pas oublié Jérusalem ? » C'était une accusation.

« Je n'oublie jamais rien », dis-je. « Bon, vous ne savez pas quoi. Je viens de lire quelque part que l'Angleterre est en faillite. Le pays est tapissé de traites ».

La main de Blême tremblait quand il offrit du feu à Blafard. « Idiot », dit-il. « Ce n'est pas vrai. C'est idiot. La grande Ile Britannique est le petit poing serré au bout du bras puissant du Commonwealth ».

« La vérité triomphera », dis-je en souriant.

« Et alors », dis-je, étant donné que personne ne se remuait, « l'un de vous a-t-il l'intention d'aller au travail aujourd'hui ? »

« Oh, ma chérie, cela fait plus d'un an que je ne t'ai pas vue, ni toi, ni les garçons. C'est plutôt agréable et douillet ici ce matin », dit Blême.

« N'est-ce pas ? », dit Blafard, le maître de maison, étonné. « De plus, c'est samedi ».

« Comment trouves-tu les garçons ? », demandai-je à Blême, le géniteur.

« Américains, américains, chahuteurs, indisciplinés. Mais tu as l'air d'aller bien, Faith. Plus grassouillette, mais féminine, et en bonne santé ».

« Très bonne », dit Blafard, tout content.

« Mais les garçons, Faith. Ne faudrait-il pas les orienter vers quelque chose ? Se contenter d'aligner des petits cowboys en plastique. C'est vraiment idiot ».

« Ils sont si jeunes », s'excusa Blafard, l'éleveur de garçonnets d'occasion.

« Vous feriez mieux d'aller travailler tous les deux », proposai-je en nouant le fil gris perle pour tombée du jour. « Mettez d'abord la vaisselle dans l'évier. S'il vous plaît. Je suis désolée pour les œufs ».

Blême bailla, s'étira, jeta un coup d'œil furtif à la pendule, soupira. « Samedi ou pas, hélas, mon temps ne m'appartient pas ». « J'ai rendez-vous en ville dans quarante-cinq minutes environ », dit-il.

« Moi aussi », dit Blafard. « On prendra le métro ensemble ».

« Je prends un taxi », dit Blême.

« Je partagerai avec toi », dit Blafard.

Ils allèrent dans la salle de bains, où ils partagèrent gentiment nécessaire de rasage, lavabo, douche et tout le reste.

Je fis les lits et rangeai le lit de camp. Blême trouverait une chambre d'hôtel d'ici ce soir. Je fis la vaisselle et je mis sur pied l'organisation des activités de la journée ; le matin les dinosaures du musée, l'après-midi le parc, beurre de cacahuète entre temps, et pour finir tout ça, pour nous récompenser d'avoir supporté une semaine de haricots, une superbe côtelette aux petits oignons, avec des boulettes de pâte et de la compote de pommes bien rose.

« Faith, je m'en vais maintenant », cria Blême dans l'entrée. Je mis la liste des courses de côté et allai chercher les garçons qui erraient d'une pièce à l'autre à la recherche de Robin des Bois. « Allez dire au revoir à votre père », murmurai-je.

« Auquel ? », demandèrent-ils.

« Au vrai », dis-je. Richard courut vers Blême. Ils se serrèrent virilement la main. Blafard serra Tonto dans ses bras et reçut onze baisers en retour de son affection.

« Eh bien, au revoir Faith », dit Blême. « Téléphone-moi si tu as besoin de quoi que ce soit. Quoi que ce soit, ma chérie ». Chaleureusement et avec une correction touchante, il me baisa la joue. S'étant levé, Blafard m'embrassa avec le plus grand sérieux derrière l'oreille.

« Au revoir », leur dis-je.

Je dois reconnaître qu'ils étaient maintenant propres et nets, plutôt séduisants, de beaux hommes dans leur trentaine resplendissante, avec devant eux les grands problèmes du jour, et, bien plus loin, la nuit sombre, la recherche du plaisir et de l'oubli. « Au revoir », dis-je, « bonne journée ». « Au revoir », répétèrent-ils, et ils s'élancèrent tout fiers sur des chemins qui ne me regardaient pas.

2. Un sujet d'enfance

A la maison, le samedi et tous les samedis Richard dessinait des portraits de huit pouces sur onze représentant des bonshommes faits de baguettes qui agitaient les bras. Tonto tenait un cheval en plastique à la main et l'appelait Tonto parce que ses yeux étaient peints en bleu comme on avait peint les siens jadis. Je reprenais l'ourlet d'une robe de l'année dernière pour être au dernier cri, chic et dans le vent au milieu du printemps. Des étrangers murmureraient : « Regardez-la, n'est-elle pas merveilleuse ? Qui est son couturier ? »

Clifford se frictionnait sous la douche en chantant une chanson populaire russe. Il monta jusqu'au contre-ut dans une trille d'eau froide suivie par la mortification de la chair. Enfin, après quatre douches chaudes et trois froides, il se sentit heureux et fort et il entra dans la salle de séjour comme une émanation de vapeur. Son visage était rond et rose. Le dessus de son crâne exhibait une absence de cheveux. Qu'est-ce donc qui empêchait la pluie et l'eau de la douche de ruisseler bêtement sur son visage ? D'épais sourcils sombres tombant en biais. Et dessous se trouvaient ses yeux ronds et noirs, pleins d'étonnement. Ce Clifford, mon ami intime, n'avait nulle ruse en lui. Il n'aurait pas fait de mal à une mouche et il était végétarien.

Comme d'habitude, il fut heureux de nous voir. Il avait enveloppé son corps humide dans une grande serviette de plage. « Visez un peu l'homme ! », cria-t-il et il laissa tomber la serviette. Il resta planté là un instant, tout luisant et aimable. Richard et Tonto lui jetèrent un regard. « Couvre-toi, Clifford, pour l'amour du ciel », dis-je.

« Du calme, Faith », dit-il, faisant appel à la raison, « le monde évolue ». En fait il ne s'embarrassait pas de convenances. Ça n'ajoutait rien à sa personne. Il lorgna de derrière le caoutchouc où ses pantalons étaient rangés, en tas. Quand il réapparut, bien rembraillé et boutonné, il dit : « Réveillez-vous, réveillez-vous. Qu'est-ce que vous avez tous à rester vautrés ? » Il donna une bourrade dans le ventre de Richard. « Faudrait voir à durcir un peu ça. Secoue toi ».

Richard dit : « Je veux dessiner, Clifford ».

« Tu peux dessiner quand tu veux. Je ne suis pas toujours ici. Tu dessineras demain, Rich. Allons, viens, frappe-moi, fiston. Frappe. Allez... vas-y, touche-moi. Tu ferais mieux de t'y mettre, Richy, parce que je vais t'en refiler une pour de bon. Attention ça vient ! Prêt ou pas ? »

« C'est moi qui viens », dit Tonto, lâchant son cheval et il porta une grêle de coups aux reins de Clifford.

« Qui a fait ça ? », demanda Clifford. « Quel est le mec qui a fait ça ? »

« Moi, moi », dit Tonto en sautillant sur place. « Est-ce que je t'ai fait vraiment mal ? »

« Tu m'as tué, c'est tout simple, oui monsieur, tu m'as tué et maintenant c'est moi qui vais t'avoir ». Il pivota sur ses talons. « Je vais te chatouiller un peu, tu vas voir ». Il souleva Tonto au-dessus de sa tête, comme un objet dont on veut se débarrasser et le lança sur les coussins en mousse du divan.

Richard s'éleva sur la pointe des pieds jusqu'à un modeste monticule, le coussin du sofa, d'où il tapa trois fois sur le crâne de Clifford.

« Oh, on m'assassine », cria Clifford. « Ils en ont tous après moi. Ce sont des durs ». Richard lui balança un coup de pied au tibia. « C'est ça », dit Clifford.

« Défoulez-vous ! Sortez-vous les tripes ! Allez-y, les petits, allez-y ! »

Tonto lui cracha en plein dans l'œil. Il s'essuya la joue. Il feinta pour éviter l'ours en peluche qui s'abattait à nouveau sur sa tête baissée. Tonto sauta sur son dos et l'attrapa par les oreilles. « Ouille ! », dit Clifford.

Richard trouva un tube de colle néoprène sur l'étagère à livres et fit gicler la colle sur la poitrine velue de Clifford.

« Je me tiens plus », dit Richard, « je suis un taureau furieux ».

« Moi aussi », dit Tonto, « je suis le plus incontrôlable de tous les enfants du parc ». Il tira sur les oreilles de Clifford. « Je vais partir sur ton dos. Je suis un jeune cornac ».

« C'est un chameau fainéant », hurla Richard. « Allez, au boulot, outre pleine d'air ! »

« Fais comme si j'étais le djinn », dit Tonto dans une plainte aiguë. « Lève-toi, Clifford ! »

« Moi, moi, moi », dit Richard, en se laissant tomber sur le sol. « C'est moi. Je suis un serpent venimeux », dit-il en rampant vers le pied de Clifford. « Je suis un serpent venimeux », dit-il en posant le menton sur le cou-de-pied de Clifford. « Je suis un dangereux serpent venimeux », jura-t-il. Puis il leva la tête comme la vipère qu'il est et après un sifflement prolongé, de toutes ses incisives toutes neuves, il mordit le pauvre Clifford, au dessus de l'os, dans le talon d'Achille, juste à son point faible, la cheville gauche.

« Oh, non ! Oh, non... », gémit Clifford, s'effondrant avec la grâce d'un accordéon qui se replie.

« Maman, Maman, Maman », cria Richard, parce que les soixante-quinze kilos de Clifford lui tombaient dessus.

« Oh, c'est moi », hurla Tonto, le petit cornac désarçonné et jeté dans les pièges des pieds de table.

C'est lui que j'ai atteint en premier. Je l'ai serré bien fort sur ma poitrine.

« Maman », sanglotait-il, « je me suis fait mal à la tête. Si seulement je pouvais rentrer dans toi ». Richard restait étendu comme un serpent écrasé, au milieu de la pièce, hors d'haleine, les yeux secs, pleins de colère.

Bon, et Clifford, alors ? Il avait hissé son moi endolori dans un fauteuil et restait là, avachi, à zézayer parce qu'il s'était mordu la langue jusqu'au sang, « Faith, Faith, l'accumulateur ! L'accumulateur ! »

En larmes, dolents, les enfants acceptèrent d'aller au lit. Ils oublièrent de faire remarquer qu'il était trop tôt pour le dodo. Ils oublièrent de réclamer leur ours. Ils s'allongèrent côte à côte, chacun agrippé au pouce de l'autre. Image de l'amour que le mythe ou la légende a imposée aux frères.

Je revins dans la salle de séjour où Clifford était resté assis avec une espèce de cône rappelant un chapeau d'astrologue à l'endroit où sa peau avait été entamée. A cet endroit précis, toutes les forces de l'Univers convergeaient. Le soleil stationnaire, l'air sans mouvement où évoluent les planètes avaient maintenant le pouvoir de le guérir, d'agir, par leur art remarquable, comme de l'aspirine.

« Il faut que nous ayons une discussion sérieuse », dit-il. « Vraiment, je ne peux pas supporter ces enfants. Tu sais bien, Faith, que j'ai essayé tant que j'ai pu. Mais tu leur as fait quelque chose, tu as corrompu leurs instincts d'une façon ou d'une autre. On était là, tous ensemble, à s'amuser comme des fous, on se marrait à chahuter sans penser à mal et regarde ce qui est arrivé — comme toutes les fois, quelqu'un a été blessé. Blessé sérieusement, tu comprends. On aurait tous dû être détendus. Décontractés. Ça aurait dû être décontracté. Le corps décontracté. Personne n'aurait dû être blessé, Faith ».

« Tu veux dire que c'est ma faute si vous êtes tous blessés ? »

« Ça ne fait aucun doute, Faith. T'as vraiment fait du mauvais boulot ».

« Du mauvais boulot ? », dis-je.

« Dégueulasse », dit-il.

Je lui ai laissé une dernière chance. « Dégueulasse ? », ai-je demandé.

« Bon Dieu de Bon Dieu ! Merdeux ! », dit-il.

D'où l'exposé suivant — un résumé de mes espoirs et de mes peines jusqu'au jour présent :

Pour dire vrai, du lundi au vendredi — en raison de mes succès sur mon lieu de travail — j'ai le moi en fête ; je suis comme une étoile ; quiconque peut avoir besoin de ma chaleur peut devenir mon obligé. Les pierres plates de la médisance qui volent dans notre atmosphère en mouvement y sont aussitôt désintégrées. Intacte, incandescente, je poursuis mon bonhomme de chemin thermodynamique.

Le samedi matin, dans ma propre maison, toutefois, j'affronte la loi sociologique que l'on appelle l'Intrusion des Irrécupérables. Parce que j'ai élevé ces gosses avec une main dans le dos en train de dactylographier pour gagner ma vie. Je les ai élevés toute seule sans père auquel ils puissent s'identifier dans la salle de bains, comme tous les autres petits garçons du terrain de jeu. Riez donc ! C'est un Conseil d'Administration sans la moindre indulgence qui m'a forcée à signer un contrat scélérat avec le Monde de la Bohème tel qu'il subsiste à ce jour. Je l'ai respecté, ce contrat, en dépit des ingérences de parents bien intentionnés qui offrent des pantalons de ski, des leçons de piano et des billets pour le rodéo. En attendant, j'ai bien entretenu Richard et Tonto, je leur ai appris à se tenir propres et à garder l'âme ouverte sur les problèmes de l'enfance. En fait, nous avons grimpé bien des barreaux de l'échelle depuis les toilettes du fond du couloir et l'obligation de fouiller dans les grands cartons de l'Armée du Salut à la recherche de sous-vêtements et de chaussettes. Ma perversité, ça a été de faire ça toute seule, sauf pour la seule année où leur père vivait à Chicago avec Claudia Lowenstill et qu'elle fut scandalisée de le voir n'envoyer que des bicyclettes pour leurs cinq ans. Il s'ensuivit une année entière de règlements de factures de gaz et d'électricité, du loyer et du téléphone. Un jour, elle le surprit dans la lumière tournante de la vérité, personnage grandiose prenant la pose sur un tonneau de lessive ; il plongea aussi sec. Il se trouve maintenant sur la côte dorée d'un autre continent, sous le charme de la permanence de civilisations clandestines. Il n'est plus dans la juridiction des tribunaux qui jugent les drames domestiques.

Malgré tout, je donnai à Clifford encore une autre chance de se rétracter et de rester mon ami. Je dis : « Merdeux ? Mon éducation a été dégueulasse ? »

Ce coup-là, il ne prit même pas la peine de répondre parce qu'il était occupé à rassembler ses effets épars dans la pièce.

L'air s'échappait doucement de mes deux poumons qui se rétrécissaient. L'eau monta, menaçant de pénétrer par son bouillonnement et je serais morte de pneumonie sur le champ — chose dont je n'avais jamais entendu parler — si ma main ne s'était pas saisie d'un cendrier de verre et ne l'avait lancé sans qu'une décision personnelle eût la moindre part dans ce geste.

Clifford était à quatre pattes en train de chercher les chaussettes qu'il avait laissées vendredi sous le fauteuil. Il avait le dos tourné vers moi ; sa tête était dans une position qui convenait bien à la trajectoire. Et c'est un imbécile heureux qui serait passé de vie à trépas si je n'avais été aveuglée par les larmes et n'avais par conséquent fait que lui arracher le lobe d'une oreille, lequel n'est en tout état de cause qu'un organe atrophié qui a survécu.

Mais Clifford n'a pas de violence en lui ; c'est un heureux agrégat de bonnes dispositions. La vue de tout ce sang le paralysa. Frissonnant, il s'ébroua lourdement ; à genoux, il attendait que la Mort, le Shérif du Styx, lui fasse signe à nouveau.

« On ne dit pas des choses pareilles à une femme », murmurai-je. « Espèce de crétin. On ne dit pas des choses pareilles à une femme. Lave-toi, imbécile, tu vas te vider de ton sang ».

Je l'ai laissé se mettre un garrot autour du cou ou se soigner selon les directives actuelles concernant les premiers soins lors de la Prochaine Grande Guerre Globulaire.

J'allai dans la chambre sur la pointe des pieds pour voir les enfants. Ils dormaient. Je tirai les couvertures sur eux et embrassai Tonto, mon petit bébé et puis je dis : « Richard, quel grand garçon tu fais ». Je l'embrassai aussi. Je m'assis par terre, me frottant la joue contre la couverture rugueuse du lit de Richard jusqu'à ce que leur paisible respiration dans leur sommeil profond m'ait apaisée.

Une ou deux heures plus tard, Richard et Tonto se réveillèrent, se fourrèrent les doigts dans le nez, éternuèrent, d'abord grognons puis gais. Ils admirèrent les grilles de morpions que j'avais créées avec leurs sparadraps en l'honneur de leurs blessures. Richard mangea de la soupe et Tonto du jambon. Ils ne s'inquiétèrent pas de Clifford puisqu'il avait une clef qui lui avait toujours permis d'entrer ou de sortir à sa guise. Cette clef était douillettement nichée dans la terre de mon caoutchouc. J'éprouvais une sensation de discontinuité. Il n'y avait personne à qui j'aie envie de l'offrir.

« Vous avez encore faim, les garçons ? », demandai-je. « Non, patron », dit Tonto. « Je suis rempli jusque là », en portant la main à la hauteur des yeux.

« Je vais vous dire » ; une idée étonnante m'était venue à l'esprit. « Descendez jouer ».

« Bouscule pas les populations, vu, petite mademoiselle ».

Je jetai un coup d'œil par la fenêtre de devant. Quatre étages plus bas, armé jusqu'aux dents, Lester

Stukopf attendait l'ennemi de pied ferme. Sans avoir l'air d'y toucher, je passai ce renseignement confidentiel à Richard. « Est-il tout seul ? », demanda Richard.

« Oui, tout seul », dis-je.

« D'accord, d'accord ». Richard me fixa d'un air triste. « Mais, Faith, rappelle-toi que je descends parce que j'en ai envie. Pas parce que tu me l'as dit ».

« Bien sûr, bien sûr », répondis-je.

« Pas moi », dit Tonto.

« Oh, ne fais pas l'idiot, tu descends aussi, Tonto. Il fait si beau et si chaud dehors. Prends les pistolets neufs que Papa t'a envoyés. Allez, va, Tonto ».

« Non, patron, je déteste Richard et je déteste Lester. Je déteste ces pistolets. Ce sont des pistolets de bébé. Il me prend pour un bébé. Tu ferais bien de lui envoyer une photo ».

« Oh, Tonto... »

« Il croit que je suce encore mon pouce. Il croit que je fais pipi au lit. C'est pour ça qu'il m'envoie des pistolets de gosse ».

« Non, non, mon chéri. Tu n'es pas un bébé. Tout le monde sait que tu es un grand garçon ».

« C'est pas un grand garçon », dit Richard. « D'ailleurs, il suce son pouce et il fait pipi au lit ».

« Richard », dis-je, « Richard, si tu n'as rien d'aimable à dire, ferme ta sale gueule. Ça n'aide pas Tonto qu'on lui ressasse ça constamment ».

« Au revoir », dit Richard, refusant la discussion, mais très altier dans le rôle de l'aîné. Parfois c'est une teigne, mais jamais un fainéant. Quarante-cinq secondes plus tard, il remontait du rez-de-chaussée pour hurler : « Tant qu'il fait pas pipi dans mon lit à moi, qu'est-ce que j'en ai à foutre ? »

Tonto ne l'entendit pas. Il se brossait les dents, ce qu'il lui arrive de faire avec une belle vigueur plusieurs fois par jour, dans l'espoir de les ébranler. Et je pense qu'il y arrive.

Je me servis un café bien chaud dans la salle de séjour et me fis un petit trou douillet dans mon fauteuil, me versai un café noir dans une chope blanche avec l'inscription MAMAN, et fis tomber ma cendre de cigarette dans un cendrier en céramique tourné à la main par Richard. Je fixai la forme brillante que la lumière du jour inscrivait dans la fenêtre tout en me posant cette question qui me minait : Qu'est-ce donc que l'homme pour que la femme s'allonge à ses pieds en adoration ?

Au beau milieu de mon interrogation, Tonto arriva en chaussettes, sur la pointe des pieds, pour dire : « Il faut que je gueule quelque chose à Richard, Maman ».

« Ne te penche pas à cette fenêtre, Tonto. Je t'en prie, tu m'angoisses ».

« Il faut que je lui dise quelque chose ».

« Non ».

« Oh, si ! », dit-il. « C'est extrêmement important, Faith. Je peux pas faire autrement ».

Comment pouvais-je permettre ça ? S'il tombait, tout le monde penserait que je les avais laissés à eux-mêmes pendant que je buvais de la bière à la cuisine ou que je me passais de la crème anti-rides, toutes portes closes, devant ma coiffeuse. De plus, je serais plongée dans un deuil éternel. Ma grand-mère a pleuré toute sa vie un gosse mort de maux d'oreille à cinq ans. Tous ses autres descendants gardés en vie par des pensions municipales ou des allocations d'état, se rassemblèrent pour la pleurer sur son lit de mort (elle avait quatre vingt onze ans) et l'entendirent murmurer : « oh, oh, Anita, respire donc un peu, essaye de respirer, mon tout petit bébé ».

Les larmes aux yeux, je dis : « d'accord, Tonto, je vais te tenir. Tu peux dire à Richard ce que tu as à lui dire ».

Il se pencha dans le vide. Je tenais de toutes mes forces un petit garçon charnu. « Richie », hurla-t-il.

« Hé ! Richie ! Richie ! » Richard leva les yeux, probablement en les protégeant de la main, cherchant à savoir d'où venait la voix. « Hé ! Richie ! Ecoute, je suis en train de jouer avec la forteresse militaire que tu viens d'avoir pour ton anniversaire et aussi avec tous les soldats ».

Puis il claqua la fenêtre comme s'il ignorait tout de la nature du verre et se précipita dans la salle de bains pour se brosser les dents une fois de plus, dans un geste rituel de triomphe.

Il chantonnait dans un gargouillis de dentifrice et de rince-bouche : « Je parie qu'il est fou de rage », puis plus bas : « C'est bien fait pour lui, c'est un petit merdeux ».

« Toi aussi », hurlai-je, furieuse. Pendant que je m'associais au deuil de ma grand-mère, il avait ouvert sa grande gueule pour embêter son frère.

« T'es un vrai petit merdeux ! »

« Bon, maintenant écoute-moi bien. Je veux que tu sortes d'ici. Descends jouer. J'ai besoin d'être seule dix minutes. Anthony, si tu restes ici, je peux te tuer ! »

Il réapparut, répandant une odeur de sucre d'orge à la menthe à l'époque de Noël. Il se tint en équilibre sur un pied, leva les yeux vers mon regard foudroyant et dit : « d'accord, Faith. Tue-moi ».

Alors il a fallu que je m'asseye aussitôt pour qu'il croie que nous avions la même taille et qu'il arrête de me chicaner.

« S'il te plaît », dis-je avec douceur, « sors retrouver ton frère. Il faut que je réfléchisse, Tonto ».

« J'ai pas envie. J'ai pas à aller là où j'ai pas envie », dit-il. « Je veux juste rester ici avec toi ».

« Oh, s'il te plaît, Tonto, il faut que je fasse le ménage. Tu ne pourras rien faire, ni commencer un jeu, ni rien ».

« Ça m'est égal », dit-il. « Je veux rester ici avec toi. Je veux rester près de toi ».

« D'accord, Tonto, d'accord. Tu sais quoi ? Tu vas dans ta chambre deux minutes, mon chéri, allez, va ».

« Non », dit-il, grimpant sur mes genoux. « Je veux être un bébé et rester contre toi, toujours ».

« Oh, Tonto », dis-je, « je t'en prie, Tonto ».

J'essayai de m'en débarrasser de force mais il mit un bras autour de mon cou et se pelotonna sur mes genoux, suçant son pouce pour être mon petit bébé.

« Oh, Tonto », dis-je, désespérant d'avoir une minute à moi. « Pourquoi ne peux-tu pas aller jouer avec Richard ? Tu t'amuseras bien ».

« Non », dit-il, « ça me serait égal que Richard ou Clifford s'en aillent. Ils peuvent faire ce qu'ils veulent. Je m'en fous. Moi je partirai jamais. Je vais rester tout contre toi toute ma vie, Faith ».

« Oh, Tonto », dis-je. Il sortit son pouce de sa bouche et plaça sa main ouverte, les doigts bien écartés, sur ma poitrine. « Je t'aime, Maman », dit-il.

« L'amour », dis-je. « Oh, oui, Anthony, l'amour, je connais ».

Alors je l'ai tenu dans cette position et je l'ai bercé. Comme dans un berceau. J'ai fermé les yeux et je me suis penchée sur sa tête brune. Mais le soleil, dans sa course, est sorti de derrière les réservoirs sur le toit des immeubles de bureaux et, d'un seul coup, m'a inondée de son éclat blanc. Alors, à travers les petits doigts potelés de mon fils, à tout jamais interné, pareil à un roi d'Alcatraz zébré de noir et blanc, mon cœur s'embrasa en raies d'ombre et de lumière.

Traduit avec la collaboration d'Edith Soonckindt.

A l'époque qui fit des singes de nous tous

Pas de doute, c'est bien lui, sur la plus haute marche du perron du N° 1434, Eddie Teitelbaum, un jeune garçon autoritaire, à la mâchoire ombrée, et qui a bien besoin d'une révision. Il cure une dent creuse avec un bâtonnet de sucette fondante. Il tortille le coton qu'il a dans l'oreille. Il renifle, grogne et avale sa morve à cause des faiblesses de son système d'écoulement. Mais il s'en fout. Infirmités à part, il n'est pas enfoncé jusqu'au cou dans l'inhumanité de l'homme ; il est réconcilié avec le Jacob à poitrine velue de son père, Itzik Halbfunt ; il s'est résigné à ce lieu qui est le sien, dans un Utrillo bordé de briques qui s'étend au soleil, vers l'est et l'ouest sur environ deux milles marches de perrons. Pour l'instant, pas de noms propres.

Jetez maintenant un coup d'œil aux petits gosses qui, à cette époque, venaient bourdonner à ses pieds. Bourdonner, c'est le mot ; ils se rassemblaient dans cette gorge étroite, en un sourd grondement, aux pieds de cette menaçante personnalité. Certains jours, il observait la longue queue en tire-bouchon que formaient les enfants des deux côtés de sa rue, et qui tournait le coin pour revenir au 1434.

Certains jours maussades il fabriquait pour eux des éléphants, des chiens, des lapins et des souris à longue queue avec des cure-pipes. « On peut aussi faire un joli torche-cul avec ça », leur disait-il, en manière de plaisanterie. Mais là, ça lui aliénait complètement la sympathie des mères. Mais à cette époque-là c'était un pauvre bougre ; il travaillait le samedi et le dimanche, pendant les vacances et pendant l'été dans la boutique d'animaux domestiques que tenait son père et, croyez-moi, il était pas sous contrat de convention collective. Mais s'il était grippe-sou dans ses tractations financières avec les copains, il était prodigue en chewing-gum, parce que le chewing-gum, ça renforce les mâchoires. Il ne se souciait pas des dents elles-mêmes, vu qu'il approuvait les dentiers et, en fait, tout type de prothèse.

A la longue, (disait Eddie), l'homme se débarrassera probablement de sa peau en faveur de plastiques invisibles et quand ça sera fini, kaput, la question raciale ! Les hommes pourront avoir la couleur de leur choix ou bien être transparents, si jamais la forme et la teinte des intestins peuvent être mises à la mode. Eddie possédait des savoirs très en avance sur son temps mais cela le laissait de glace parce qu'il parlait du futur inéluctable ; mais tous ses copains, réglos ou non, malins ou boy-scouts, dressaient l'oreille de peur.

Il les prévenait aussi contre les espions dissimulés derrière les fenêtres ou semés comme des pierres dans la rue qui appartenait aux gosses par un droit inaliénable. Mrs Goredinsky, l'espion en chef à la consistance de pâte fraîche, s'asseyait tous les matins sur une caisse d'oranges, le regard rivé sur le N° 1434. Et aussi Mrs Green, qui, en novembre, surveillait les urnes pour le compte des Républicains et, le reste de l'année, restait à ne rien faire dans l'embrasure de sa porte d'entrée, la main tremblante, tournant la tête d'un côté, puis de l'autre.

« Quelqu'un pour faire un tennis ? », demanda Carl Clop, le fils du concierge.

« Laisse-la vivre », dit Eddie, en attendant son heure.

Puis, un jour, le vieux Clop, le concierge, monta de la cave en chassant les gosses devant lui dans un cliquetis de capsules de bouteilles. Il prit la pose cinq marches en dessous d'Eddie, s'appuya sur son balai et se prépara à engager la conversation.

« Qu'est-ce qui ne va pas fiston ? », demanda-t-il. « Où sont tes copains ? »

« Sous la table de la cuisine », dit Eddie. « Ils se sont pétés au sirop d'abricot ».

« Trêve de plaisanteries, Eddie : t'es à la coule. Quel est le salopard qui laisse traîner des kleenex dans le vestibule ? »

« Je ne sais pas. Il y a des mois que Goredinsky est enrhumée ».

« Ah, c'est elle ? Mais qu'est-ce que tu as donc contre cette potée aux choux ? Faut toujours que tu fasses allusion à elle ».

D'une fenêtre sombre au premier étage sur la rue vint une petite voix chantant sur l'air de "Mon Pays, c'est Toi" :

"Mrs Goredinsky espionnait
Le FBI l'a harponnée.
Demain, elle crèvera —
C'est pas bon, ça ?"

« Prends de la graine, Clop », dit Eddie. « Pas la moindre intimité dans ce coin, tu as remarqué. Ecoute-moi, Clop, à la campagne, dans les Beaux-Lieux, chaque fils de pute a son garage privé pour bricoler. En raison de ça, les grandes idées, les inventions brillantes viennent de la cambrousse. Pourquoi diable serions-nous incapables de produire d'aussi beaux esprits que quiconque ? »

En fait Eddie ne faisait qu'aider Clop, par le biais du discours, à rester en contact avec l'autorité, pour ainsi dire. Il aurait pu interrompre la conversation sans autre forme de procès, puisqu'à ce moment précis son esprit était occupé à inventer un ségrégateur de cafards, appareil qui ne mettrait à mort que le cafard qui choisissait de quitter les ténèbres de son trou pour s'aventurer dans les assiettes de céréales. Si ce dispositif était correctement conçu et habilement construit, tous les autres cafards seraient laissés en paix à encrasser les pistons et à se multiplier jusqu'à prendre possession de la totalité de la circonscription. Et pourquoi pas ?

« Pas si bête », dit Mr Clop. « L'intimité ». Puis de derrière ses favoris il adressa à Eddie un regard de biais, une œillade à la fois torve et morne.

« Et t'as besoin d'intimité pourquoi, toi ? Pour l'enfiler dans les fillettes ? »

Pas de réponse.

Clop reprit le fil de la conversation. « Alors c'est ça la raison, c'est comme ça qu'ils nous doublent, les fermiers. Ben, ça me la coupe ! Comment ça se fait que personne y trouve un moyen de vous donner un peu de l'éducation, à vous, les mômes, spécialement dans le courant de l'été ? On est tout de même dans la ville qui paye le plus d'impôts. Et, de toutes façons, qu'est-ce que tu peux bien foutre sur le perron toute la journée ? Comment se fait-il que Carl soit à traîner devant chez Michailovitch, à toutes les heures du jour et de la nuit, chaque fois que je regarde ? Allez ! Teitelbaum, en bas, descends de ton perron tout de suite », hurla-t-il. « Imbéciles. Fourre-toi les kleenex dans la poche ». Il menaça Eddie d'un moulinet de son balai plein d'échardes. Puis il se détourna, sourcils froncés, perdu dans ses pensées. « Allez, filez, fainéants », grommela-t-il à l'adresse de deux clochards en bas âge — quatre ans tout au plus.

Malgré tout, Clop était, d'instinct, un homme grave, sérieux. Trois jours plus tard, il offrit à Eddie la clef du cellier où l'on entreposait les bicyclettes et les remorques, au N° 1436, l'immeuble d'angle — une position stratégique privilégiée.

« Pour y élaborer des inventions », dit Clop. « Nous ne sommes pas des animaux, que diable ». Il poursuivit en déclarant qu'il était fier d'être associé à une recherche scientifique. Il y avait trop de gamins à traîner dans les rues ; du vagabondage, point final. Carl, son propre fils, filait du mauvais coton, jouant au poker nuit et jour sous la rampe d'escalier avec Shmul, le fils du rabbin, qui n'était rien qu'un Yankee portant calotte *. Par conséquent, Clop suppliait Eddie de persuader Carl de s'aligner un peu sur sa façon de penser et de suivre ses cours. En fait, il aimait beaucoup la science, dit Mr Clop, mais il avait besoin d'un peu d'encouragement puisqu'il n'avait pas de mère.

« D'accord, d'accord », Eddie voulait bien. « Il peut m'aider à concevoir une fusée pour la lune ».

« La lune ? », demanda Mr Clop. Par le soupirail de la cave, il jeta un coup d'œil sur le ciel de midi.

Sous les yeux d'Eddie, ces yeux producteurs de mirages, étaient disposés les appareils à usage immédiat, un évier, l'électricité, des prises de gaz et un assortiment de tuyaux de plomberie. Le laboratoire de base a-t-il besoin d'autre chose ? Croyez-vous que l'Institut de Recherche Fondamentale ait eu plus que ça, à ses débuts, ou bien même tous ces réduits à cyclotron, dûment cadenassés ? Les débuts de toutes choses sont toujours humides et exigus mais les chênes aux vastes frondaisons (selon le mythe, la légende et le folklore populaire) sont issus de glands solitaires.

Le premier travail de routine d'Eddie fut le perfectionnement du ségrégateur de cafards. Avec une marge bénéficiaire qui ne dépassait pas six pour cent, il installa un réseau de câbles à bas voltage le long des plinthes des cuisines du voisinage, ce qui eut pour effet de renvoyer à leur habitat caoutchouteux sous le linoleum les cafards qui s'avisaient du danger. Les imbéciles têtus que, de toutes façons, Darwin ne voyait pas survivre, furent électrocutés.

---

* *Le Yankee portant calotte : ma vie dans l'Est du Bronx,* Shmul Klein, Presses Mitzvah.

Le montage n'avait rien de particulièrement original. Eddie aurait été le premier à reconnaître qu'il avait pensé tout l'été aux vaches, à la campagne et aussi au fil de fer barbelé et n'avait fait qu'appliquer le souvenir d'un savoir aux conditions particulières de son milieu.

« Quel nom de Dieu d'été ça devient », dit Carl en détachant le cadavre d'un insecte du câblage du labo. « Je veux dire, Eddie, il faudrait aussi qu'on s'amuse. Qu'est-ce que t'en dis ? Je veux dire, si on montait un club, on serait quand même plus équilibrés ».

« Tout le monde aime s'amuser », dit Eddie.

« Je ne veux pas dire du vrai amusement », dit Carl. « On pourrait monter un club scientifique. Mais juste toi et moi en tête à tête — moi, ton baratin j'en ai marre. Fais venir d'autres mecs. Organise la chose, Eddie ».

« Pourquoi pas ? », dit Eddie à qui il tardait de se mettre au travail.

« Bravo. J'ai déjà pensé à quelques noms. Que penses-tu de... Les Pré-voyants... Tu piges ? »

« C'est de la merde ».

« Moi je la trouvais bonne... un peu comme ces vannes sur les cartes. Et, par exemple, les Penshommes ? »

« Très drôle ».

Carl n'insista pas. « Bon d'accord. Mais il nous faut recruter d'autres membres ».

« Deux », dit Eddie, avec un rire bref.

« Bon, d'accord. Mais dis-moi, Eddie, qu'est-ce qu'on fait pour les filles ? Tu sais bien, après tout, que les femmes ont le droit de vote depuis longtemps. Elles sont docteurs et... Prends Madame Curie, par exemple ? Il y en a d'autres ».

« Je t'en prie, Carl, laisse-moi respirer un peu. On a encore environ treize miles de câble électrique. Il faut que je trouve quelque chose ».

Mais Carl ne pouvait pas s'arrêter. Il aimait être entouré de filles, dit-il. Ça le mettait plein d'entrain et d'humeur chantante. Quand elles étaient là, il pensait à de merveilleux traits d'esprit. Surtout quand c'était Rita Niskov et Stella Rosenzweig.

Il aurait aimé continuer et illustrer son propos par l'exemple des jumelles Spitz et le fait qu'elles avaient du poids dans les hauts mais des hanches comme des garçons. Eddie ne les avait donc pas vues flotter à la surface des eaux de la piscine de Seymour Street, portées comme par des ailes sur leurs tétons étanches ?

Et aussi l'adorable petite Stella Rosenzweig, avec son air d'étudiante de Vassar bien qu'elle soit encore en première. Quand tu danses avec elle, tu sens comme des piqûres d'épingle parce que, bien qu'elle soit toute petite, elle est vraiment pointue.

Eddie fut absolument submergé par une vague de désir juste avant le déjeuner. Pour se préserver, il dit froidement : « Non, non. Pas de filles. Le samedi soir, elles peuvent venir danser un peu et flirter un peu. Mettre de l'ordre. Mais pas de filles dans le courant de la semaine ».

Il promit toutefois de conserver une possibilité de contrat entre Carl et les jumelles Spitz en recrutant immédiatement leur frère Arnold comme nouveau membre. C'était un bon choix, sans risque d'éclats. Arnold avait besoin d'un coin pour peindre. Il déclara qu'un jour la lumière du jour disparaîtrait et, avec elle, le mythe de l'aurore boréale. Dans la cave obscure, il fonda une école de peinture appelée Les Casseurs de Lumière qui travaillent encore ensemble dans un grenier de la vingt-neuvième Rue, Est, à la lumière de deux ampoules de 25 watts.

Sur la recommandation de Carl, Shmul Klein fut coopté, parfait comme quatrième, mais Eddie déclara qu'on ne jouerait pas aux cartes. Shmul avait tout du type libéré. Est-ce qu'il prenait des paris après l'école ? Non, non, dit-il, les rumeurs sont multiples mais la vérité est unique.

Il était journaliste de la vie, au même titre qu'Eddie était un artisan du savoir. Quand on l'interrogeait sur son avenir, Arnold voyait un destin fait de bourses de recherches, du poids effrayant de subventions l'escortant jusqu'à un métier de tout repos dans la publicité où il n'utiliserait qu'une fraction de ses possibilités.

Bien sûr, il y en avait d'autres, étoiles à l'éclat incertain, qui cherchaient à être admis pour la bonne raison qu'ils croyaient à la création d'une nouvelle maison de passe. Eddie rigolait et soulignait que le marché était encombré par l'initiative individuelle, pour ne rien dire du fait que le contrepoids moral avait disparu en raison de l'effondrement de la virginité comme assise solide.

Ça a pris du temps pour qu'Eddie accepte de devenir un club. Des après-midi entiers et des week-ends furent perdus pour cause de publicité des débats. Les garçons lui demandèrent d'organiser des séances publiques pour que les buts véritables du club puissent être jugés par les parents des filles. Eddie parla donc de "La Dispersion des Galaxies et la conservation de la matière". Carl applaudit à deux reprises, sous l'effet anarchique de l'enthousiasme. Mr Clop écouta, fut impressionné, demanda ce qu'il pouvait faire pour eux et brancha leur système électrique sur le compteur de Mrs Goredinsky.

Eddie proposa des conférences d'orientation politique, considérant qu'on vivait une époque qui, si l'homme était vraiment humain, devrait lui titiller l'âme. Depuis le réduit de six pieds sur quatre qu'Eddie partageait avec Itzik Halbfunt, le singe de son père, il apercevait des constellations de désastre en train de réorganiser le ciel avant même que quiconque ait senti le brûlé.

« Qui donc était l'ennemi ? », demandait-il pour tenter d'injecter quelque sens historique chez ses camarades de club. « Etait-ce les Gens de la Mer ? Troie ? Rome ? Les Sarrazins ? Les Huns ? Les Russes ? Les

Colonies africaines ou le prolétariat pourri ? Ou encore les ardents détenteurs du capital ? »

Fidèle à lui-même, il n'apportait pas de réponse. Il les laissait filer, ces importants problèmes, sur les rouets de la sottise pendant qu'il allait en catimini se jeter un tonic au céleri chez Michailovitch.

Il partagea avec les autres les bénéfices du ségrégateur de cafards. En conséquence ils prirent intérêt à son tour d'esprit philosophique et eurent la courtoisie de lui prêter attention, tout comme les clients à qui il faisait remarquer que le devoir de l'homme était de contrarier la nature aussi peu que possible sinon pour obtenir sa nourriture (survie) et que cette tragédie séminale prévaut également dans la forêt vierge.

Les lectures et les réflexions sur des sujets qui dépassaient le domaine des sciences physiques et chimiques transformèrent son travail et il passa de l'idéaliste ségrégateur de cafards à un système de cadrans téléphoniques intégrés pour les gens vivant des allocations dans un rayon de dix rues — et en fin de compte au célèbre Adoucisseur de Guerre qui mit à l'œuvre tous les assistants novices du laboratoire mais demeura le fruit de sa longue patience solitaire.

« Eddie, Eddie, tout ça te prend trop de temps », dit son père. « Penses-tu à nous ? »

« Ah, vous ! », dit Eddie.

Mais comment donc pouvait-il négliger ses responsabilités au Zoo Teitelbaum, une boutique d'animaux domestiques où trois ou quatre pauvres bâtards, couverts de croûtes de sciure de bois, somnolaient dans la vitrine ? A l'intérieur, trois cent cinquante litres de poissons rouges sous verre, quatre canaris poussant la trille — qui attendaient tous qu'il verse leurs graines, leur bouillie ou leur pâtée dans les écuelles. Le pauvre Itzik Halbfunt, le singe originaire de Paris, en France, attendait lui aussi, en mordillant son béret. Itzik ressemblait à l'oncle de Mr Teitelbaum qui était mort de juiverie au cours des épidémies de 1940-1941. C'est la raison pour laquelle il n'était pas à vendre. « Tant pis », commenta un non initié en songeant qu'un Italien installé dans le quartier aurait peut-être payé quarante-cinq dollars pour ce singe.

Dans sa douleur, Mr Teitelbaum s'était à tout jamais détourné de l'homme, son voisin, et pendant le reste de ses jours, il loucha comme un chat, sautilla comme un oiseau et prit un air de chien battu. Comme un perroquet, il ne savait que dire et répéter, le soir, quand Eddie s'enfuyait enfin : « Eddie, ne laisse pas la porte ouverte, sinon les oiseaux s'envoleront et moi aussi ».

« Si tu as des ailes, envole-toi, Papa », disait Eddie. Telle fut la vie d'Eddie pendant des années et des années, à partir de l'enfance : il pelletait de la merde de chien et des graines d'oiseau, regardant les poissons rouges flotter, bouffer et mourir, loin de la Chine, dans un gros bocal de verre.

Un lundi de juillet, par une matinée chaude et éclatante, Eddie convoqua les garçons aux premières heures pour leur distribuer leurs tâches de reconnaissance et de cartographie de terrain. Carl connaissait admirablement le sous-sol mais Eddie voulait un inventaire spécial des portes et fenêtres avec description de leur état. Trois immeubles étaient concernés par ce rôle, les numéros 1432, 1434 et 1436. Il leur demanda de tenir un journal de sorte qu'on pût obtenir des statistiques valables sur le nombre de femmes qui utilisaient la buanderie et à quelles heures ainsi que sur la température de l'eau chaude à certaines heures.

« Parce que dorénavant, nous allons travailler avec des gaz. Or le gaz se dilate, se comprime, se diffuse, peut se liquéfier. Si, à un certain point, un danger quelconque se présente, je m'en chargerai et je serai responsable. Ne vous conduisez pas comme dc foutus cons. Je vous promets », ajouta-t-il avec amertume, « qu'on va bien s'amuser ».

Il leur demanda d'acquérir une certaine compétence dans le maniement de certains outils. Carl, fort de sa parenté avec Clop, le plombier-électricien-factotum, assura avec beaucoup de plaisir et d'agressivité les fonctions de professeur. Aux heures matinales remplies par le bruit des machines à laver, sous la surveillance de Carl, ils percèrent des trous à peine visibles dans les murs du sous-sol et y introduisirent des tuyaux de caoutchouc à haute résistance.

« Je suis la veine cave et l'aorte », paraphrasa Eddie. « Tout ce qui sort de moi doit me revenir. Vous êtes les ingénieurs. Calculez la meilleure façon de nourrir les lieux excentriques ».

Par « nourrir », Shmul expliqua, il voulait dire en vérité « étouffer ».

Le vingt-neuf juillet, ils étaient prêts. A huit heures treize du matin, le premier essai eut lieu sur une zone réduite et à dose réduite. A huit heures douze, juste avant le moment du pfft *, les caves étaient en pleine activité — les ordures étaient transférées des petites poubelles dans les grandes ; les grand-mères matinales, bien réveillées mais titubant d'insomnies, remplissaient d'eau les grands baquets ; des garçonnets, en maillot de bain, poussaient des poussettes dans l'air frisquet du matin. Un camion de charbon arriva, enclencha la marche arrière et recula sur le trottoir, s'arrêta, introduisit son plan incliné noirci dans le soupirail encrassé d'une cave et se mit à gronder.

La radio de Mr Clop était à fond. Pendant qu'il travaillait, roulant les bidons, les faisant monter, avec l'aide de Carl, le long des marches de bois de la cave, se disputant avec les charbonniers pour des questions de priorité, il écoutait les nouvelles. Il voulait savoir si le soleil sortirait de l'horizon dans sa splendeur habi-

---

* *Le Moment de pfft : une enfance à la ville,* Shmul Klein, Presses Mitzvah.

tuelle ; ou s'il y avait un risque de pluie, parce que son frère cultivait la tomate dans le New Jersey.

A huit heures treize, le réveil-matin dans le laboratoire donna le signal sonore. Eddie enfonça un bouton placé à la base d'une cafetière ordinaire dont le bec laissait passer deux tuyaux qui pénétraient dans le mur. Un sifflement étouffé se fit entendre : la cafetière s'orna d'un nuage de vapeur qui se dissipa bientôt.

Quarante secondes plus tard, Mr Clop hurla : « Nom de Dieu, qui a pété ? », bien que l'odeur ne soit pas du tout ça, Eddie, l'auteur du mélange, le savait bien. Du moins l'odeur était *censée* être plus fraîche, genre odeur de putois, plus proche des odeurs dissuasives émises par certains animaux et certaines fleurs, mais plus forte. Il eut toutefois confirmation d'un certain succès par les beuglements des livreurs de charbon et les piaillements aigus des vieilles dames.

Satisfait, Eddie pressa un autre bouton, situé, celui-ci, à la base de l'aspirateur reconstitué de Mrs Spitz. Le retour à l'état initial ne prit guère que deux minutes. Le verre s'embua, le bec de la cafetière fut obstrué, les Djinns revinrent.

Eddie savait que les gars mettraient un peu plus longtemps à quitter leur poste d'observation sous l'œil des gens qui les surveillaient. Pendant ce laps de temps, son cœur se serra comme le fait parfois le cœur après un grand acte d'amour. Le chagrin l'envahit, lui donnant la migraine. Quand Carl arriva, tout excité, avec les nouvelles, il l'écouta tristement, parce qu'après tout, qu'est-ce que la vie ? pensait-il.

« Oh mon Dieu ! Génial ! », cria Carl. « Historique ! c'est dément ! Eddie, Eddie, un vrai mystère ! Personne ne sait comment ce que où... »

« Pourtant », dit Eddie. « Tu ferais mieux de te calmer, Carl ! »

« Mais écoute, Eddie, personne ne peut s'imaginer », dit Carl. « Ça s'est terminé avant que la grosse conne de Goredinsky sorte de notre cabinet. Elle hurlait en remontant ses culottes et en rabattant sa robe. Je l'observais depuis la porte. Ça m'a renversé. Elle est même pas censée utiliser ces cabinets. Ce sont les nôtres ».

« Ouais », dit Eddie.

« Ecoute un instant, écoute. Mon père faisait que dire : Seigneur Dieu, avais-je oublié d'ouvrir une évacuation quelque part ? Seigneur Dieu, qu'ai-je donc fait ? Est-ce que j'ai détruit les conduites d'air ? Dis-moi, dis-moi, aide-moi ! »

« Ton père est un vieillard épatant », dit Eddie, froidement.

« Oh, je sais », dit Carl.

« Surtout la tête, merveilleuse ! », dit Arnold qui venait d'arriver.

« Prends mon père à moi », continua Eddie, adoptant une attitude sombre et nerveuse. « Regarde-le donc, assis dans sa boutique, pas rasé plus de deux fois par semaine. Des fois il ne bouge pas pendant une ou deux heures. Son nez coule et c'est comme ça que les oiseaux savent qu'il n'est pas mort. Cette espèce d'enfant de salaud qui était jadis un expert en histoire mondiale, gère maintenant un foutu zoo de merde avec un singe dégueulasse qui sait même pas pisser droit ».

... L'amertume que lui causaient son style de vie étriqué et ses pantalons de fripier lui coupa le souffle. Il éclata donc de rire et leur donna les faits. « Vous savez, mon père était si fauché, avant qu'il se marie, et il avait un tel respect pour les femmes (croyez-moi, il respecte les femmes) que vous devineriez jamais ce qu'il a fait ? Il est allé en douce au zoo du Bronx et il a trombiné un chimpanzé. Ça vous la coupe, pas vrai ? Ecoutez-moi : ils ont expédié le bébé en France. Si mon père l'avait reconnu, on serait riche à l'heure qu'il est. Ça me fait mal au cœur d'y penser. Il aurait été le bougre le plus célèbre de l'histoire universelle. On l'aurait réclamé dans les porcheries et dans les haras. On lui aurait télégraphié d'Irkoutsk pour prendre part à ces incroyables expériences de croisement de races. Qu'est-ce qu'il pourrait faire pour les blés d'hiver ! Cet enfant de putain dit à tout le monde qu'il est allé à Paris voir si ses cousins étaient en vie. En fait il est allé chercher mon grand frère Itzik. Pour le ramener à la maison. Pour m'insulter moi et ma mère ».

« Oooh ! », dit Carl.

« Alors c'est ça », dit Shmul, qui était en retard au rapport, et qui jouait la carte Eddie. « C'est pour ça que t'es devenu si malin. En concurrence permanente avec l'étrange fruit des semences paternelles... Ah ! Ah !... »

« Je t'en prie », dit Arnold, avec son carnet de croquis en équilibre instable sur ses genoux. « Je t'en prie, Eddie, lève le bras comme ça de nouveau, comme tu as fait quand tu t'es mis en colère. Ça me donne une idée ».

« Des cons », dit Eddie en crachant sur le sol immaculé du laboratoire. « Une bande de cons ».

Et pourtant, tout compte fait, l'idée du dix-neuvième siècle selon laquelle le progrès est immanent est absolument exacte. Car sa tristesse se dissipa et les premiers jours d'août furent une période de dur labeur et de franche cordialité. Le mystère du puissant gaz non toxique d'origine inconnue demeura. Les gars préservèrent leur secret. Les non initiés se posèrent des questions. Eux, ils savaient. Ils descendirent du Coca comme un régiment qui a mis la main sur tous les flippers de l'ennemi sans faire tilt une seule fois.

Les samedis soir au labo étaient d'heureux moments, au son des quarante-cinq tours, parmi des femmes de rêve. Shmul fit la chronique de toutes sortes d'aventures faramineuses... Il mit tout par écrit : comment, un soir, Mr Clop entra par hasard, à la recherche de fusibles et trouva Arnold en train de faire des croquis sur le vif de Rita Niskov. Elle cachait un sein derrière une cornue pour augmenter les difficultés techniques au bénéfice d'Arnold qui avait de l'ambition. « Continue, continue, fiston », marmonna Clop, en plein malentendu.

Un autre soir, Blanchie Spitz enleva tout sauf sa culotte et son soutien gorge et à cause d'une cuillère à café de rhum dans son coca décida de faire des exercices d'assouplissement sur l'air du “Casse-Noisette”. « Ah, Blanchie », dit Carl, si amoureux qu'il en avait presque la nausée, « fais-moi la danse du ventre, poupée ». « Je ne sais pas ce qu'est une danse du ventre, Carl », dit-elle et, à huit pour le compte, elle fit une profonde révérence. Arnold la captura au lasso avec la jupe de Rita, qu'il avait à la main par hasard. Il entraîna Blanchie dans un coin où il la gifla, l'habilla et lui demanda son tarif et si ça comprenait les proches et avant qu'elle ait pu répondre, il la gifla à nouveau puis la ramena chez elle, avec la jupe de Rita en baudrier. Cette sorte d'événement effacera toujours, pour les gens du quartier, les plus intenses séries de succès dans le travail. La jupe de Rita, suspendue par une boutonnière, flotta pendant deux jours à la grille de fer de la cave sans qu'on la réclame. Les filles, selon la note de Shmul dans son agenda, vivent l'âge de pierre dans une caverne en verre soufflé.

Eddie apprenait la plupart de ces ragots de la bouche de Shmul. Parce que le fait est qu'Eddie ne participait pas souvent aux bacchanales du fait que le samedi était le jour où son père allait au cinéma. Mr Teitelbaum aurait bien aimé fermer sa boutique mais le gérant du Loew refusait de vendre un ticket à Itzik. « Je vous en prie », disait le gérant, « le samedi, c'est mon jour de presse ». Itzik n'était jamais resté seul, car bien qu'il fût un singe brillant, dans l'univers des hommes, il était idiot. « Ach », disait Mr Teitelbaum, « vous savez ce que c'est d'avoir un petit singe à la maison ? C'est comme élever un débile. Vous vous attachez, quoi qu'il en soit, et vous êtes lié ».

« Tout bien considéré, les choses s'améliorent dans le coin », dit Carl.

Environ une semaine après l'incident désagréable

avec les filles (incident qui incita la famille Niskov tout entière à émigrer de six rues vers le nord pour être anonyme), Eddie convoqua une réunion exceptionnelle. L'école reprenait trois semaines plus tard et il s'était décidé à compléter la série d'expériences qui prouveraient qu'il y avait un marché parmi les nations pour son Adoucisseur de Guerre.

« N'exagère pas », dit Shmul. « Pour l'instant tout ce qu'on a, c'est une puanteur ».

« Non toxique », souligna Eddie. « Quel que soit le degré de concentration, c'est non toxique. N'oublie pas ça, Klein, car c'est toute la beauté de la chose. Une arme de guerre qui ne tue pas. Tu imagines ! »

« D'accord », dit-il. « Je te l'accorde. Et après ? »

« Shmul, tu as des yeux pour y voir. Qu'est-ce que les gens ont fait pendant le dernier test ? Se sont-ils étouffés ? Leurs yeux ont-ils coulé ? Que s'est-il passé ? »

« Je te l'ai déjà dit, Eddie. Il n'est rien arrivé. Ils ont couru, c'est tout. Ils ont couru comme des lapins en enfer. Ils se sont jetés dehors en se pinçant les narines et deux ou trois petits mecs ont grimpé à quatre pattes sur le plan incliné du charbon. Tout le monde s'est tiré en jappant ».

« Et ton père, Carl ? »

« Oh, pour l'amour du ciel, si je ne t'ai pas dit vingt fois qu'il est sorti comme une flèche ! Puis il est resté sur les marches à se tenir le nez en se demandant à qui il pouvait faire porter le chapeau ».

« Hé bien, c'est ce que je veux dire, les gars. C'est la leçon que m'a enseignée le ségrégateur de cafards. Le type pacifique qui écoute les messages de ses sens survivra à des générations de désastres. Qui donc a besoin de l'héritage du pou et de toute la méprisable violence contenue dans son acide nucléique ? Qui ça ? Je n'ai pas encore développé la stratégie politique jusqu'à ses conséquences ultimes, mais notre devoir à nous, c'est de mettre au point la technologie ».

« D'accord ? Alors les tuyaux de caoutchouc doivent être prolongés jusqu'au rez-de-chaussée et au premier étage du 1432, du 1434 et du 1436 — les trois immeubles qui communiquent. Ne percez pas de trous chez Michailovitch, au coin de la rue, car le gaz pourrait s'infiltrer dans les bidons de crème glacée, de pâte à caramel et tout le reste, or je n'ai pas encore fait d'expériences sur tous les aliments. Si vous travaillez aujourd'hui et demain, nous aurons probablement fini jeudi. Vendredi on poursuit l'expérience ; à midi on devrait avoir tous les rapports et savoir où on en est. Y a-t-il des questions ? Carl, prépare les outils, c'est toi qui en es responsable. Il faut que je répare ce foutu percolateur et que je vérifie le moteur. Nous nous retrouverons vendredi. A la même heure — 7 heures 30 du matin ».

Après quoi, Eddie se hâta de retourner à la boutique pour nettoyer les cages d'oiseaux qu'il avait oubliées depuis plusieurs jours en raison de toute l'excitation intellectuelle. Itzik lui offrit une banane. Il l'accepta. Itzik la lui pela puis prit une banane pour lui. Il jeta les peaux dans la poubelle et, du coup, Eddie lui planta un baiser sur son visage idiot. Il sauta sur l'épaule d'Eddie pour taquiner les oiseaux. Eddie n'aimait pas le voir faire ça, parce que ces oiseaux peuvent vous donner la psittacose (selon Eddie) si vous les embêtez trop. L'hypothèse n'est pas vérifiée mais elle tient debout ; comme vous savez, les gens qui vous méprisent vous éternuent sous le nez quand les membranes de leur gorge sont irritées ou quand leur gorge sert de havre à des troupeaux de microbes divers.

« Arrête, Itzikel », dit-il avec douceur en déposant le singe. Itzik resta suspendu à l'épaule d'Eddie par un de ses longs bras, mangeant la banane dans son dos. « Voilà comment j'aime que tu sois », dit Mr Teitelbaum quand il jeta un coup d'œil dans la boutique. « De temps en temps, au moins ».

Pour Eddie, la fin d'un long été de travail approchait. Il se sentait capable d'être heureux et paisible.

Le vendredi matin, Carl, Arnold et Shmul attendirent dehors. Ils avaient plein de malabars et de sucres d'orge dans lesquels Eddie avait investi ses fonds personnels. Ils avaient pour mission de maintenir le calme parmi les petits enfants qui risquaient de céder à la panique. Ils étaient aussi munis de carnets de notes et chaque garçon était chargé d'y consigner ce qui relevait d'un seul immeuble.

A l'intérieur, Eddie joua une note piquée sur le bouton placé sous le percolateur. Après ça, tout se déroula le plus simplement du monde. Les gens se ruèrent en masse hors des trois immeubles. Les locataires des étages les plus élevés, qui n'étaient pas concernés, passèrent la tête à la fenêtre en raison de l'agitation. Les dosages étaient si parfaits qu'ils n'avaient reçu que la plus légère des bouffées et qu'ils avaient cru qu'il s'agissait de l'odeur normale du matin montant par les fissures du mur de derrière du marché aux poissons qui se trouvait trois rues plus loin, à l'est.

Eddie avait accepté de ne pas quitter le laboratoire avant l'arrivée des rapports de ses copains. Au bout d'une demi-heure d'attente vaine, il était perplexe. Il n'y avait pas le moindre livre à lire. Il s'occupa donc à débrancher ses appareils faits maison, glissant la poudre en excédent dans une enveloppe en papier qu'il gardait dans sa poche arrière. Puis tout d'un coup, il se mit à se faire du souci pour eux tous. Comment allait réagir Tom Pouce Michailovitch, qui restait assis toute la journée devant la boutique de son père, à manipuler son yoyo en fredonnant une rengaine pour lui-même ? En réalité c'est un foutu con sans cervelle. Et Mrs Spitz, n'allait-elle pas arrêter de lacer son corset, s'évanouir et aussi bien se fendre le crâne sur un coin de meuble rococo en acajou ? Et les arrêts du cœur des gens au-dessus de quarante ans ? Et les petits Susskind ? Ils étaient si cinglés que ces abrutis sans malice allaient aussi bien se balancer dans la trappe du monte-charge.

Il était occupé à récurer l'évier dans l'espoir de s'arracher à ses tristes prémonitions quand la porte s'ouvrit. Deux agents de ville entrèrent et le saisirent à l'épaule. Eddie leva les yeux et vit son père. Leurs regards se croisèrent et, en raison d'un chagrin sans espoir, se nouèrent l'un à l'autre. C'est à ce moment-là (dit Shmul, longtemps après les faits en question et bien d'autres), qu'Eddie fut plongé, la tête la première, au cœur ténébreux d'une dépression profonde. Ce désespoir retint toute son attention pendant des années.

Personne n'était capable d'entrer à nouveau en contact avec lui pour lui faire part des nouvelles. Savait-il qu'il avait causé la mort de tout le stock d'animaux de son père ? Même les trois tortues, nom de Dieu, tous les vairons jusqu'au dernier, les vers eux-mêmes qui allaient fournir le dîner du dimanche des poissons avaient donné leurs derniers tortillements. Au fond de leurs cages récurées, les oiseaux gisaient, morts.

Itzik Halbfunt resta dans un coma dont il ne devait jamais sortir. Il était couché dans le lit d'Eddie, sur le matelas neuf d'Eddie, dans les draps d'Eddie. « Qu'il meure donc à la maison », dit Mr Teitelbaum, « et non chez Speyer au milieu de caniches ».

Il caressait son épaule décharnée, où la fourrure laissait voir çà et là la peau galeuse et sanglotait « Halbfunt, Halbfunt, tu étais mon petit compagnon ».

Si aimante que fût la personne ou le docteur qui frappait à la porte de l'esprit d'Eddie, Eddie refusait de dire « Entrez ». Carl Clop l'appela avec insistance, prenant un train desservant les moindres gares d'une lointaine banlieue pour dire à Eddie qu'en réalité c'était lui qui avait pensé que ce serait merveilleux de voir le vieux Teitelbaum s'enfuir en hurlant en compagnie d'Itzik en pleine crise d'hystérie. Pour s'offrir ce spectacle, Carl avait branché les tuyaux de caoutchouc à une petite ouverture qui faisait communiquer le sous-sol du N° 1436 et l'arrière salle de la boutique d'animaux. Il s'était posté au coin et ça n'avait pas manqué, ils avaient fini par surgir, Mr Teitelbaum au pas de course et Itzik suffoquant. Le triste destin de Clop, dit Clop, était d'avoir un fils manquant de sérieux.

Eddie fut confié aux soins du Dr Scott Tully, directeur du Foyer du Jeune Homme, après moins de trois semaines. La police saisit les carnets de notes de Shmul mais n'y apprit que des réflexions littéraires sur le visage humain et les mœurs sexuelles des adolescents. On y découvrit également le plan d'un article qu'Eddie envisageait d'envoyer à la presse antivivisectionniste et dans lequel il décrivait les aventures d'un sujet qui s'était préparé à subir des expériences portant sur la résistance aux gaz. L'article s'intitulait "AUCUN COBAYE NE PRENDRA MA PLACE". Comme tout un chacun peut voir, une idée pareille relevait de la démence.

Eddie fut soigné au Foyer du Jeune Homme par un assistant vêtu d'une blouse blanche, bigle, et au corps noueux, avec de fortes canines qui repoussaient sa lèvre inférieure, un nez cassé selon une ligne bien nette et réparé à la va-vite. Il s'appelait Jim Sunn et il était gentil avec Eddie. « Parce qu'il ne me crée pas d'ennuis, Mr Teitelbaum, c'est un bon garçon. S'il ouvre grand les yeux, je sais qu'il veut aller aux toilettes. Il est pas fou du tout, Mr Teitelbaum, c'est seulement qu'en ce moment il n'a rien à dire. J'ai vu bien des cas et si j'étais vous, je me ferais pas de souci ».

Mr Teitelbaum n'avait lui-même pas grand chose à dire et ça renforçait ses liens avec Eddie. Il venait le voir tous les dimanches et restait assis en silence avec lui sur un banc derrière le Foyer ; par mauvais temps ils se retrouvaient au parloir, un rectangle riant parsemé de petits tapis à points noués. Paisibles, ils restaient assis face à face pendant une heure dans des chaises confortables, puis Eddie ouvrait grand les yeux et Jim Sunn disait : « D'accord, on y va, mon gars. Les Rois de la Jungle n'ont pas peur de dormir. Les ours eux-mêmes hibernent ». Mr Teitelbaum se dressait sur la pointe des pieds et prenait Eddie dans ses bras.

« Fiston, ne te fais donc pas tant de souci », disait-il, puis il rentrait chez lui.

Cette situation se poursuivit pendant deux ans. Par une froide journée d'hiver, Mr Teitelbaum qui avait la grippe ne put venir faire sa visite.

« Où est mon nom de Dieu de père ? », grogna Eddie.

C'était un début. Après ça, Eddie prononça d'autres paroles. Avant la fin de la semaine, Eddie déclara : « J'en ai marre des poivrons, Jim. Ça me donne des gaz ».

Une semaine plus tard, il dit : « Quelles sont les nouvelles ? Long Island n'est pas encore sous les eaux ? ».

Le Dr Tully n'avait jamais envisagé qu'Eddie pût récupérer. (« Une fois qu'ils ont pris cette route, ils sont partis pour de bon », avait-il confié aux journalistes.) Il appela en consultation un collègue d'un établissement concurrent mais avec lequel il entretenait des rapports amicaux. Il finit par pouvoir soumettre Eddie à un test de Rorschach qui lui rendit foi en son pessimisme premier.

« Donnez-lui plus de responsabilités », suggéra le collègue consulté, ce qui fut aussitôt fait : en raison de son passé on l'autorisa à aller visiter le Zoo du Foyer du Jeune Homme. On l'autorisa à caresser un lapin et à taquiner deux terrapènes. Il y avait un faon malade dans une cage. Et aussi un singe qui se balançait mais Eddie ne broncha pas. Cette nuit-là, il vomit. « Qu'est-ce qui se passe avec les poivrons, Jimmy ? Ce con sait pas faire la cuisine ? Sinon avec des poivrons ? »

Le Dr Tully expliqua à Eddie qu'il était maintenant qualifié pour un rôle d'aide. Dès qu'il y aurait un poste, on lui donnerait l'entière responsabilité d'un animal. « Merci », dit Mr Teitelbaum. « Une bête fait un bon ami ».

Finalement l'un des garçonnets guérit et on le renvoya chez lui auprès de sa mère ; il y eut donc un poste. Le Dr Tully considérait que c'était une chance toute particulière parce que le jeune garçon guéri s'était occupé du plus populaire de tous les serpents du zoo. La popularité du serpent avait rendu son gardien très populaire. La popularité du garçonnet lui avait rendu sa confiance en soi ; il était devenu vice-président de l'Assemblée des Pensionnaires ; il s'était fait des amis et des sycophantes, s'était senti plus heureux, puis guéri et on l'avait rendu à la société.

Dès le premier jour, Eddie montra son tempérament. Il nettoya la cage de sa main droite en tenant le serpent à l'écart de la gauche. D'emblée il eut beaucoup d'admirateurs.

« Quand tu rentreras chez toi, est-ce que je pourrais te remplacer ? », demanda un petit garçon très gentil qui n'était guère retardé mais dont le père était prêt à dépenser une fortune parce qu'il avait honte. « Mais je vais nulle part, fiston », dit Eddie. « Ça me plaît, ici ».

Certains après-midi, peu après le lait et les biscuits, Eddie devait apporter une petite souris blanche à son serpent. Il glissait la souris dans la cage et la raison pour laquelle le serpent était si célèbre est la suivante : le serpent ne mangeait pas la souris aussitôt. A quatre heures, les enfants commençaient à se rassembler. Ils observaient la souris recroquevillée dans un coin. Ils observaient le serpent paresseux qui attendait que la faim le chatouille au creux de son long boyau intérieur. De temps à autre, il tendait l'échine et relevait la tête et la respiration des enfants se précipitait. A un moment quelconque entre quatre heures et demie et six heures, le serpent se mettait à ramper nonchalamment dans la cage. Les garçons faisaient de menus paris sur l'heure, gagnant ou perdant des morceaux de gâteau au chocolat ou une poignée de raisins secs. Soudain mais sans faire d'esbrouffe (et il fallait être vraiment attentif), le serpent déroulait son corps mince, ouvrait sa gueule et avalait toute vive la petite souris qui poussait toujours des cris aigus au moment où elle disparaissait.

Eddie ne pouvait pas désapprouver parce que c'était la vraie nature du serpent. Mais il tirait sa casquette sur ses yeux et se détournait.

Un soir, à table, Jimmy Sunn lui dit : « Devine ce que j'ai entendu dire. J'ai entendu dire que tu retrouvais ton identité. C'est pas mal ».

« Mon identité ? », demanda Eddie.

Une semaine plus tard, Eddie présenta sa démission par lettre. Il envoya une copie à son père. La lettre disait : « Merci, Dr Tully. Je sais qui je suis. Je ne suis pas un tueur de souris. Je suis Eddie Teitelbaum, père de la Bombe Puante, connu pour ma Dévotion à la Cause et mon Intrépidité face à l'Effet. Ne m'embêtez plus. Je n'ai rien à dire. Bien à vous ».

Le Dr Tully rédigea un rapport dans lequel il soulignait avec fierté son indéfectible pessimisme dans le cas d'Eddie Teitelbaum. On considéra ce diagnostic comme remarquable, compte tenu des nombreux éléments qui incitaient à l'espoir et, parmi ses pairs, on s'en souvint longtemps.

Tandis qu'Eddie prenait la décision de perdre la tête le plus vite possible, d'autres décisions étaient prises en d'autres lieux. Mr Teitelbaum, par exemple, décida de mourir de chagrin et de vieillesse — deux raisons souvent imbriquées — et ce fut l'ultime décision pour tous les Teitelbaum. Shmul s'assit pour réfléchir et son père le déshérita.

Arnold s'enfuit se réfugier à la Vingt-neuvième Rue, Est, où, après bien des efforts et à grands frais, il créa un ravissant bordel de nus à l'huile.

Mais Carl, le fils de Clop, avait goûté à la vie avec le palais d'Eddie. Il fit des études, assez longues pour devenir physicien nucléaire dans la Marine. Aujourd'hui, par le 8 h 07, Carl appareille pour aller combattre les courants pervers de notre époque et s'opposer au ressac avec des petits beep beep électroniques. Il a gardé son tempérament joyeux et, en rétribution des services rendus à l'univers, il vient de recevoir une épouse qui s'est fait vider de la troupe des danseuses de Radio City parce qu'elle était trop belle.

L'Adoucisseur de Guerre a été mis en bouteille sous pression en dilution faible. On l'appelle quelquefois le Mélange Teitelbaum et la liste de ses ingrédients a été traduite en espagnol sur l'étiquette. C'est l'un des meilleurs insecticides de tous les temps. Malheureusement il traite quelquefois les philodendrons et les vieux caoutchoucs de famille avec quelque brutalité.

Mrs Goredinsky continue à préférer le ségrégateur pour la protection de sa cuisine. Fidèle aux mœurs anciennes, elle se jette toujours à genoux, d'un bloc, pour frotter les sols. Elle ne se lasse pas de voir les cafards attrapés et grillés dans leur propre jus par le zélé Courant Alternatif. D'une chiquenaude, elle fait sauter le cafard du mur. Elle sourit et chante les louanges d'Eddie.

La vérité flottante

Le jour où j'ai frappé, toutes les lattes des stores étaient baissées. « Où es-tu, Lionel ? », criai-je. « Dans le machin-truc ? »

« Pour l'amour du ciel, tais-toi », dit-il en déverrouillant la portière arrière. « Je suis l'autre face de l'écu ».

Je l'ai ébréché d'un coup d'index. « J'aime pas le son que tu rends, Charley. Tu dois être un faux ».

« Entre donc et installe-toi », dit-il. « Garde ton chapeau. Le porte-manteau est en panne ».

Ce n'était pas ma première visite. Les sièges étaient recouverts de plastique lavable — d'entretien facile — et sous le pied on trouvait l'habituelle haute laine, sur toute la surface. Dans un gracieux désordre, des philodendrons faisaient comme une guirlande sur le rebord de la vitre arrière.

« Mais comment fais-tu pour y voir quand tu conduis, Marlon ? »

« Ecoute, poupée, je ne la conduis pas souvent », dit-il. « C'est dangereux ».

Il prit une pomme dans la boîte à gants et me l'offrit.

« La brosse à dents de la nature », dis-je d'un air rêveur. « Qu'est-ce que tu deviens, Eddie ? »

Il soupira. « Ça n'a jamais été aussi bien ». Il bondit dehors par la portière avant et se glissa derrière. Ce n'était pas un escaladeur de sièges. « Blague à part, je t'aurais appelée dès ce soir », dit-il. D'un coup sec il mit les lattes des stores à l'horizontale et, depuis l'Est, le matin éclaira nos visages blêmes. Il prit du papier et un crayon dans un classeur en acajou intégré au dos du siège avant. « Parlons peu et bien », dit-il. « Que veux-tu faire ? »

« Qu'est-ce que tout le monde veut faire ? »

« Laisse-moi poser les questions », dit-il. « Qu'est-ce que tu veux faire, toi ? »

« Oh... quelque chose de valable », dis-je. « Hé bien, apporter ma contribution... tu vois ce que je veux dire... me rendre utile d'une façon ou d'une autre... faire le bien ».

« Je t'en prie », dit-il amèrement. « Ne me fais pas perdre mon temps. Tous les fils de pute sur cette terre veulent faire le bien ».

« Oh, mais c'est bien ça », dis-je. « Quelle merveilleuse évolution sociale ! A la terrible époque que nous vivons, c'est une merveilleuse nouvelle ».

« C'est une merveilleuse nouvelle... », susurra-t-il en imitant la voix aiguë d'une fille. « Ne sois pas idiot. Toutes les époques ont été terribles. Tu aurais dû vivre dans un petit village de fermiers pendant la Guerre de Cent Ans. Bref, tu te rends compte que tu me payes à l'heure ? Commençons ! Qu'est-ce que tu es capable de faire ? »

Je fus surprise d'apprendre que je le payais à l'heure. Pourtant, pour autant que je sache, et en dépit des apparences, l'époque n'est peut-être pas si terrible.

« Je sais taper à la machine. J'ai fait une école de commerce pendant trois mois et je sais taper ».

« Ne te fais pas de souci », dit-il. « J'ai trouvé des boulots même pour des vierges. Je pourrais placer un pédiatre dans une clinique de gérontologie ».

« Si tu es si fort que ça, Bubulle, comment se fait-il que t'aies même pas une maison ? »

« Je viens à peine de me trouver moi-même », dit-il, s'adressant à son monde intérieur. Son aspect extérieur était l'image exacte d'un visage à point mort. Ses yeux étaient bleus. Ses pupilles sombres et immuables. Il ne regardait jamais quelque chose du coin de l'œil mais tournait toute la tête pour regarder. Ses cheveux étaient blonds mais leur teinte s'assombrissait dans la plus grande hâte avant que le gris n'envahisse tout. Tous ses caractères sexuels étaient secondaires, ce qui ne l'empêcha pas de me demander après le travail du premier jour : « Tu me fais un gros câlin, eh poupée ? » Ça ne me gênait pas du tout, alors je lui ai gentiment mis la main aux fesses. Il m'a semblé que ça lui plaisait beaucoup. J'ai pas la réputation d'être une nympho mais il y a de la bonté en moi.

J'ai sorti un sandwich au jambon de ma salopette et je lui en ai offert la moitié. « C'est d'essence qu'on a besoin », dit-il d'un air de chien battu. « J'allais appeler un type qui m'a invité à *La Vie* pour traiter une affaire ».

A ce moment-là le téléphone sonna. Il se jeta par-dessus le siège avant pour le saisir. « Quelle chance, Edsel », gloussa-t-il. « Tu m'as attrapé juste au moment où je me rangeais devant un parcmètre. Reste en ligne une minute pendant que je me dégage ». Il poussa des grognements comme s'il déployait de grands efforts en raison du tonnage de son engin, puis reprit la conversation : « Oui ? Vers minuit ? Je ne suis pas sûr de pouvoir me libérer... Je vais courir toute la journée... »

J'agitai un billet d'un dollar devant le rétroviseur. « Ah... bon, disons dix heures moins le quart, pour me laisser le temps de manger... Non ce n'est pas nécessaire... Non... Bon, si tu insistes, permets-moi au moins de venir te chercher. J'y serai à huit heures trente... Magnifique... C'est merveilleux de pouvoir te parler à nouveau. *A rivederci* ».

« Voilà », dis-je, « un dollar. Essence ».

« Je t'en suis très reconnaissant », dit-il.

L'Edsel qu'il rencontra à huit heures trente, après avoir klaxonné au nez d'un portier sous auvent, s'appelait Jonathan Stubblefield mais n'essayez pas de le joindre, il est sur la liste rouge. Ses yeux étaient aussi pâles que la lune. Ils roulèrent de ci, de là, flasque à la hanche, sans eau ni tonic, sans glace ni gel, leurs consonnes pâteuses s'entremêlant quelque peu. Le manque de communication pouvait les faire passer pour des amoureux.

« Tu as un ami ? », demanda Jonathan Stubblefield.

« Oui, une fille », dit mon copain, toujours au turbin. Jonathan Stubblefield comprit de travers. « Aïe, ouille ! » répliqua-t-il. « J'ai un ami aussi, mais la foutue famille — Que penses-tu de la famille ? », demanda-t-il, essayant de donner un sens à sa vie tout entière.

« La Famille Humaine ? Oh, j'y crois. Mais réfléchis un peu, Edsel... cette fille dont je parle n'est pas une partenaire sexuelle. C'est une associée dans les affaires. Vive, éveillée, enthousiaste. De quelle façon peux-tu l'utiliser ? »

« Oh, eh ben ça ! », dit Jonathan, stupéfait. « Cul par dessus tête, par monts et par vaux, Madame a le choix. Elle n'a qu'à demander ».

« Tu continues à te tromper. Ce sont ses affaires commerciales que je gère ».

« Oh », dit Jonathan Stubblefield. « Oh », dit-il, « dans ce cas, envoie-moi un curriculum vitae » et il s'évanouit dans la nature.

« Mais tu ne lui as rien dit de moi », protestai-je le lendemain dans l'après-midi.

« Pourquoi donc l'aurais-je fait ? Il ne m'a rien dit de lui. Est-ce que tu crois que son vrai nom est Stubblefield ? Qu'est-ce qui te prend ? Avec toi c'est toujours du tout cuit. Tu te prends donc pour un poulet rôti ?

Un truc qu'on peut foutre à poil avec une spatule ? Sois mystérieuse. Tourne-toi sur le côté. C'est comme ça que je suis parvenu là où je suis ».

L'organisation de ses idées était totalement erronée ; je ne pouvais m'empêcher d'évoquer le souvenir de ce que je ressentis — alors que je n'étais qu'une jouvencelle — le jour où j'appris que le chemin le plus court d'un point à un autre est l'arc du grand cercle.

« En plus, tu devrais essayer de penser en phrases plus courtes », suggéra-t-il, bien que je n'aie pas pipé mot. Le regard de ce vieux Richard Foie de Caboche allait droit au cœur des choses où gît ma syntaxe.

« Bon, maintenant, barre-toi pendant deux ou trois jours. Va chez toi, par exemple. Qu'est-ce que tu en penses ? Va au cinéma. Tu vas là où tu veux, je m'en fous. J'ai alpagué Edsel. Il meurt d'envie d'avoir une employée ».

« Je ferai ce que tu veux ». Il fallait bien que je commence quelque part. Ça faisait six semaines que j'avais quitté l'école et je commençais à me sentir presque inapte à l'emploi.

Je sortis de la voiture la tête la première. Un flic s'approcha de la portière et loucha d'un air autoritaire. « Ecoute, Face de Lune, je t'ai déjà dit mardi d'emporter ton corbillard au guignol ». C'était un de ces flics licenciés ès-lettres qui faisait ça pour la retraite. Y a que la sécurité qui compte. Sinon comment affronter l'avenir ?

« Panne d'essence », murmura mon copain d'une voix douce comme de la brioche.

« Voilà un dollar », répliquai-je. « Encore de l'essence ».

Il plut pendant trois jours. Au matin du quatrième jour, je reçus un télégramme. TELEPHONE HORS D'USAGE. RENDEZ-VOUS ENDROIT HABITUEL. VOIR EDSEL. ENGAGEE, DANS DU BEURRE.

A midi, je les trouvais, perdus d'admiration devant des pneus blancs. (C'était la belle époque).

J'étais sur mon trente et un et eux aussi. Jonathan Stubblefield m'observa. Ses yeux étaient vraiment pâles comme la lune. Il me fit un clin d'œil et une larme roula sur sa joue glabre. « J'ai une occlusion du canal lacrymal », expliqua-t-il.

« Allons à la Cafétéria Vilamar ; on sera mieux pour parler ». Il ajouta fièrement : « C'est ma tournée ».

Nous partîmes aussitôt, en file indienne, Stubblefield en tête. A la cafétéria, nous nous assîmes avec déférence autour d'un autel circulaire chargé de condiments et nous entamâmes la conversation dans la vénération partagée.

« Vous avez l'air si jeune », dit Jonathan Stubblefield. « Je n'arrive pas à croire que le temps a passé. Regardez-moi un bon coup. Un homme de trente et un ans. Dans ma tête est inscrit un photostat de Pearl Harbour. Je le vois encore avec une telle netteté... la neige saupoudrait à peine les rochers ».

« La neige ? »

« Oui, la neige. Le calme absolu et puis ce vrombissement inconnu et puis le fracas. Et puis le monde entier plongé dans le désastre ».

« Oh, pauvres de nous ».

« Tu étais trop jeune. Mais je me souviens — Genève, Yalta, la conférence de San Francisco, les railleries contre Acheson ; ces jours-là étaient l'espoir du monde. Je me les rappelle comme si c'était hier ».

« C'est vrai ? »

« Quelle sorte de souvenirs peuvent avoir les jeunes d'aujourd'hui ? Vous vous y connaissez un peu en fringues et en came. Mais vous n'avez aucun sens de l'histoire ; vous n'avez aucun sens tragique. Qu'est-ce que l'Alsace-Lorraine ? Est-ce que vous pouvez seulement me le dire, chère amie ? Quels problèmes affronte-t-elle, jusqu'à ce jour ? Vous ne savez pas. Vous êtes des ignorants et non pas des innocents ».

« Vous avez raison », dis-je.

« Bien sûr », dit-il. « Vous ne pouvez pas le nier. La vérité trouve son niveau et elle flotte ».

« Café ! » demanda Roderick l'Intermédiaire.

« Pas pour moi », dit Edsel. « Une pomme au four pour moi. Et une salade de saumon. Peut-être un peu de gelée. Je suis au régime ». Il se tapota le ventre. « Maintenant parlez-moi de vous. Je veux apprendre à mieux vous connaître ».

Je fis valser ma queue de cheval, luisante de tous les feux d'huiles naturelles, et je dis : « Que dire ? »

« Vous pouvez me parler de vous-même. Qui vous êtes, d'où vous venez, quels sont vos intérêts, vos petits dadas. Quel est votre petit ami préféré par exemple ? »

Je lui dis qui j'étais, d'où je venais, quels étaient mes intérêts et mes dadas. « Mais j'attends toujours que l'Homme Idéal quitte son Ouest natal ».

« Vous et moi avons beaucoup de choses en commun », dit-il d'un ton triste. « Moi aussi, j'attends encore l'Homme Idéal. Bien sûr, je paraphrase. Je veux dire la Femme Idéale ».

« Je vais vous dire quelque chose ; vous savez admirablement vous habiller. Vous avez l'air d'une rose. Oui, c'est bien une rose qui est suggérée ». D'un geste délicat, il posa la main sur la partie de mon décolleté la plus éloignée de mon menton.

Il regarda sa montre à laquelle, de quelque façon, était attaché un baromètre. « La pression monte ; il faut que je m'en aille. Dites à votre ami "Excusez-moi" de ma part. Dites-lui que vous êtes engagée sous réserve de présentation d'un curriculum. Il vous faut absolument ce curriculum. Je ne traite aucune affaire sans document écrit ».

Il se leva et déplaça lentement son regard des toilettes des dames vers les chauffe-plats, le comptoir des sandwiches, les nobles pots à café, et finalement les vastes portes qui s'étaient arrêtées là où leurs tampons de caoutchouc les avaient bloquées.

« Je suis le seigneur de tout ce que couvre mon regard », murmura-t-il. Il adressa un sourire plein de bienfaisance à mon visage radieux, puis tourna les talons avec le bruit d'un changement de la vieille garde et disparut dans ce Götterdämmerung des portes-tambour.

« Oh, Everett, quel homme intéressant ! », dis-je. Nous avons partagé la salade de saumon mais la gelée me rappelle trop le lait caillé.

« Bon, alors, qu'est-ce que tu en penses ? Il n'est pas mal, n'est-ce pas ? C'est la vague du futur. Un homme comme lui sait exploiter le loisir. Voilà ton curriculum ». Il parlait sur un ton d'homme d'affaires et, tandis qu'il beurrait un petit pain aux graines de pavot, il continuait à me donner des ordres pour mon propre bien. « Tape-le. Présente-le bien... mais il faudrait que ça ait l'air fait maison ; modèle unique. Peut-être tu devrais inclure une faute. S'il croit que tu en as couvert les murs de la ville, tu es fichue... Lis-le attentivement. Ça m'a pris un jour entier et j'en suis assez fier ».

Je le feuilletai et je lus. « Mais dis-moi, ça fait trois pages, formal légal. Est-ce que tu sais que ça fait trois pages ? »

« Aha ! », dit-il, plein de fierté.

« Oh, je t'en prie, c'est ridicule. Qu'est-ce que je ferai s'il appelle l'une de ces personnes ? »

« Non, non, non. Il veut t'engager, il y tient. Il est fou de toi ; il veut être ton ami. Quand il verra tous ces mots, il se sentira tout heureux et libre. Peut-être même ne les lira-t-il pas ».

Je relus le curriculum. Voici un bref aperçu des situations dont il avait saupoudré mon passé. La première, dans la publicité : "LA MAISON VERTE" : En huit mois passionnants j'ai placé le nom LA MAISON VERTE sous les yeux du public de sept façons différentes — toutes très économiques : des affiches bicolores furent distribuées. Sans texte. Une maison verte sur un fond coquille d'œuf. Des pochettes d'allumettes bicolores —sans texte. Des cartes personnelles bicolores furent distribuées à tous les membres du personnel. LA MAISON VERTE elle-même fut finalement peinte en vert. Çà et là, en ville, aux endroits où le public s'y attendait le moins (sur les bancs des parcs, sur les lampadaires, etc.), la question suivante était posée, en peinture verte : Qu'est-ce que le Vert ? En lettres vertes minuscules, au-dessous et à droite, se trouvait la réponse : LA MAISON VERTE, C'EST LE VERT.

« Mais qu'est-ce que ça peut bien être, LA MAISON VERTE ? »

« Je ne sais pas », gloussa-t-il.

Voici un autre exemple ; sous la rubrique « Relations Publiques », ceci :

La Philadelphie : Une association de professionnels spécialisée dans les problèmes du Droit et les activités annexes m'a engagée pour favoriser l'accès des femmes à la Justice et à toutes les possibilités qu'elle offre. J'ai parcouru le pays pendant cinq mois, en autobus, en camionnette, en train et même en avion sous le nom de Gladys Hand. Au bout de neuf mois on constatait une augmentation de 11 % dans la demande de services offerts par les Gens de Loi. Les honoraires moyens avaient augmenté de 7 dollars vingt par rapport à l'année précédente. Les rôles des tribunaux étaient si chargés qu'il fallut procéder à des révisions statutaires dans sept états. *La Philadelphie* attribua ces améliorations au travail que j'avais fourni pour leur compte.

Ou encore :

L'INSTITUT DE LA CUISINE : Par le canal du Journal de l'Institut de la Cuisine — *l'Appel de la Bouilloire,* nous avons inauguré un programme-vapeur pour renvoyer les femmes à la cuisine. « La cuisine que vous quittez peut devenir votre foyer », était l'un des slogans que nous utilisions. A la radio et à la télévision ainsi que par l'insertion de pages publicitaires dans des publications pour hommes ou dans les pages de journaux réservés aux hommes (pages des sports, pages financières, etc.), on suggéra aux hommes de demander à leur épouse en rentrant chaque soir : « Qu'est-ce qu'il y a sur le feu ? ». De cette façon le prestige des femmes à la cuisine fut partout rehaussé et le besoin de cuisine ainsi que le désir de cuisine furent exacerbés.

Tout à fait à la fin, comme si cela n'avait pas la moindre importance, il y avait tapé "Addenda" et placé la liste suivante : « Célibataire, vingt-trois ans, Diplômée du Collège Féminin de Green Valley. Cours complémentaires à la Sorbonne : La Nouvelle et son écriture, l'Expression en public. Présidente du Groupe d'Activités Sociales au Lycée ».

« Oh, pour l'amour du ciel », dis-je. « Ce dernier détail est plutôt stupide ».

« Il peut te paraître stupide à toi, mais si jamais il lit le curriculum, tu peux être sûre qu'il lira la dernière ligne et ça lui plaira. « Une fille assez écervelée pour prendre la Présidence du Groupe d'Activités Sociales à l'école peut encore avoir la tête qui tourne » ; c'est comme ça que je le vois ».

« Mais écoute », je lui dis deux jours plus tard. « Je n'ai pas vingt-trois ans ».

« Ça viendra, ça viendra », m'assura-t-il.

Cet après-midi-là, je l'aidai à arroser les philodendrons. J'étais un peu surexcitée à l'idée d'être au seuil de mon avenir et un peu d'eau dégoulina le long du dossier du siège arrière et emplit les craquelures des coussins.

« Bon Dieu, parfois tu me rends fou », dit-il, m'arrachant l'arrosoir des mains. « Ne peux-tu pas faire attention à ce que tu fais ? » Pauvre Dick, il était comme un gazouillis de colères montant d'un vol de cailles. « T'es tellement con ! », hurlait-il. Il versa le reste dans un cendrier et aspergea les vitres. « Trouve quelque chose, trouve quelque chose », criait-il. Je courus jusqu'à la boutique du coin et achetai un vieux numéro du *Times* du dimanche pour l'aider à réparer les dégâts. Je me rendais compte que, au mépris des énormes difficultés de l'entreprise, il essayait seulement de se constituer une vraie maison. Quand je revins, il était au téléphone : « Non, je ne peux pas te voir ici. C'est un foutoir pas croyable ! Je vais venir te chercher. Je veux arrêter l'affaire. Il y a trop longtemps que ça traîne... J'ai dit dix pour cent... c'est dix pour cent que je veux. Ce n'est pas excessif ».

« Quelle affaire ? », demandai-je.

« Une grosse affaire », répliqua-t-il à mi-voix. « D'accord ».

Le téléphone sonna à nouveau. « Edsel », dit-il d'un ton radieux. « Longtemps pas vu. Longtemps pas causé non plus... Bien sûr », dit-il. « Ha, ha. Sait-elle prendre en sténo ? Poupée, il veut savoir si tu connais la sténo ! Ha, ha, Edsel, c'est le Démon de la Rapidité ! »

« Je connais pas la sténo », murmurai-je.

Il tourna le torse pour pouvoir m'atteindre et m'envoya un coup de pied dans le tibia.

Il raccrocha. « Réglé », dit-il. « Va là-bas. Il est tout à toi. Bonne chance. Tu recevras ma note au courrier du matin ».

Hé oui, c'est comme ça que j'ai trouvé mon premier travail. J'entrais dans le monde des affaires, tous mes sens en éveil. J'observais paisiblement et écoutais avec voracité. A neuf heures, chaque matin des cinq jours ouvrables de la semaine, j'ouvrais la lourde porte de chêne sur laquelle une plaque gravée disait STUBBLEFIELD en Réales anciennes. Je veillais à ce que mes crayons soient toujours bien affûtés. Le matin, je lisais les journaux du matin et l'après-midi les journaux du soir, pour le cas où quelque question se poserait à propos de l'actualité.

Il était vrai qu'il mourait d'envie d'avoir une employée et il avait l'air heureux. Souvent sa mère appelait pour lui demander de bien vouloir venir déjeuner ou boire l'apéritif. Quelquefois c'était son père qui appelait mais il ne laissait pas son nom. J'avais comme consigne de répondre, après un laps de temps décent, que ses affaires l'avaient contraint de s'absenter. Il me confiait la clef et quand il partait pour deux ou trois jours, j'étais seul maître à bord.

J'avais l'intention de conserver ce boulot pendant une année au moins, pour apprendre l'opiniâtreté et le fonctionnement d'un bureau.

Mais un lundi vers 10 heures du matin, la porte s'ouvrit et une blonde aux cheveux couleur poil de chameau, toute enrobée de cachemire, fit son apparition. « Je viens juste d'être engagée par Mr Stubblefield », dit-elle, « via la Western Union ». Elle agita sous mon nez une demi-feuille en bristol. « Je l'ai rencontré à Bronxville lors de la dernière cérémonie de remise des diplômes ». Elle jeta un coup d'œil circulaire. Les murs étaient mauves et les classeurs couleur de l'armée. « J'adore tout simplement l'idée d'un bureau avec deux filles », dit-elle, s'attendant sans doute à faire de moi une amie. « A quoi ressemble-t-il ? Il donne une indemnité de licenciement ? »

Sur ses talons arrivèrent une table de bureau et un vrai téléphoniste de la Compagnie Bell, qui venait tout droit de Long Island. Je n'ai rien dit à personne mais j'ai classé mon numéro du *Time* et j'ai déplié mon édition new yorkaise du *Herald Tribune*. J'ai affûté à nouveau mon crayon et me suis mise en devoir de souligner tout ce qui demandait à être souligné.

« Il y a beaucoup de paperasse ? », demanda Serena, une réincarnation pleine de sang froid de mon ancienne personnalité. Je n'avais rien à dire.

Jonathan Stubblefield passa son groin par la porte du bureau de derrière. « On fait connaissance, les filles. Vous avez exactement le même âge ».

Cette révélation me troubla.

« Vous ne savez pas mon âge », dis-je. « Et, de toute façon, à quoi elle va bien pouvoir vous servir ? Je fais le travail. Je fais le travail aussi bien que vous pouvez le souhaiter. Me faire ça délibérément, c'est une gifle. Aucun doute ».

« Nous nous situons dans une économie en expansion, pour l'amour du ciel ! », dit Jonathan Stubblefield. « Ne soyez pas sentimentale. De plus, j'ai estimé que quelques diplômes ne seraient pas inutiles ».

« Mais il n'y a pas assez de travail pour nous occuper », dis-je pleine de courage. « Il n'y a rien à faire ».

« C'est ma société, n'est-ce pas ? », dit-il d'un ton agressif. « Si je veux, je peux engager quarante personnes pour ne rien faire. RIEN DU TOUT ».

J'ai regardé Jonathan Stubblefield — en larmes mais seulement en raison de ses conduits lacrymaux — et pourtant la vérité était de son côté.

« Il y a de la place pour tout le monde », dit-il. Mais il ne voulait pas revenir sur sa décision. Il est probable que pour commencer, je ne lui ai jamais vraiment plu.

Comme je n'avais jamais utilisé le téléphone pour des communications privées, il m'a fallu attendre cinq heures pour appeler mon conseiller en carrières depuis une cabine téléphonique.

« Descends donc, poupée », dit-il, en me donnant sa latitude et sa longitude. « Je ne sais pas de quoi tu veux parler. Tu me dois déjà quinze dollars ».

A cause de la circulation urbaine, il faisait presque nuit quand je l'ai rejoint. J'avais acheté un sandwich au rosbif saignant avec de la salade à la mayonnaise et j'en avais fait un paquet-cadeau avec deux bandes de caoutchouc vert. Mais il me rit au nez. « Ces jours-ci, je n'accepte que le restaurant ; je déteste traîner avec des plats et des boissons ». Nous donnâmes le sandwich à une gosse qui passait par là ; elle déchira tout de suite le papier d'aluminium qui l'enveloppait et jeta le sandwich dans le ruisseau. Puis elle plia soigneusement la feuille d'aluminium et la glissa dans sa poche.

Sam-le-Maussade monta le chauffage de la voiture et baissa les lumières. « Oh ! là là », dis-je, « c'est si joli maintenant ici. C'est quoi ça — des crocus ? »

« Oui », dit-il, « des crocus. Je mets un point d'honneur à les faire éclore à l'automne ».

« C'est si joli », répétai-je.

« Bon », dit-il, « qu'est-ce que tu as derrière la tête ? Le boulot, comment ça va ? »

« Quel boulot ? Tu appelles ça un boulot ? »

« T'es quand même quelqu'un ! », dit-il en renversant, pour ainsi dire, la poubelle sur mon paillasson. « A quoi tu t'attendais — à faire des piqûres antipolio ? »

« Qu'est-ce qu'il y aurait de si mal à ça ? C'est pas la chose la plus terrible du monde ».

Il a embrouillé tous mes espoirs d'un seul regard de ses yeux globuleux. « Et où irais-tu après ça ? Laisse-moi te dire quelque chose. Je t'ai envoyée chez Edsel... J'ai passé trois jours sur ce curriculum pour lui, parce que je suis convaincu qu'Edsel va quelque part et que quiconque sera à son bord, avancera avec lui. Crois-moi, ce que tu fais en ce moment constitue une expérience des plus précieuses pour une jeune personne qui veut mettre le cap sur l'avenir ».

« Ah, oui », continua-t-il, philosophe, pivotant légèrement pour juger mon degré de réceptivité, « ah, oui — tu pourrais faire mieux. Ou alors si tu étais vraiment sincère, tu pourrais quitter tes souliers et t'installer au coin d'une rue avec un panneau disant « Il est mort pour moi ». Il s'arrêta. Je ne fis pas de commentaires parce que j'attendais ce signe caractéristique qui me dirait où j'allais et si j'y allais. « Ou alors », proposa-t-il, soudain épanoui, « abandonne l'habitat des hommes — comme moi ».

Mon cœur défaillit de terreur.

Il a senti qu'il ne pouvait pas aller plus loin et nous nous sommes laissés aller dans ce décor rosâtre, meublant les silences successifs en fumant cigarette sur cigarette. Finalement, il effaça son visage habituel d'une grimace, leva un sourcil et pivota. « Ah, à quoi bon, poupée ? »

« Comme c'est vrai », dis-je. Je lui devais quelque chose, et, à échéance due, je le lui rendis. Au delà, c'était le Sabbat. « C'est le matin, Morton », dis-je. « Bonne nuit ! »

Il m'accompagna jusqu'à l'arrière de la voiture.

« Je ne suis pas folle », dis-je. Nous échangeâmes une poignée de main et je pris la route.

Je me dirigeais vers l'avenir, mais il m'est difficile de nier l'expérience acquise. Avant d'arriver à la bouche de métro, je me retournai pour jeter un dernier coup d'œil. Il se tenait devant la voiture, observant les deux côtés de la rue. Il n'y avait personne en vue. Pas même moi.

Alors, il pissa. Il ne pissa pas comme un garçonnet qui pense arpenter un continent, mais comme un homme — en une seule flaque.

« Bonne nuit », criai-je, espérant le surprendre. Il ne m'entendit pas : il fixait les détritus poussiéreux qu'il avait chassés du ruisseau en rigoles obliques qui menaient à la mer. Il resserra sa ceinture, arrondit les épaules contre le froid. Ayant quitté l'habitat des hommes, il avait un problème spécial que l'on peut comprendre. Quand il était à un endroit propice, il s'arrêtait dans le parc municipal. A d'autres moments, il lui fallait de sombres ruelles en sens unique pour aider à maintenir les niveaux d'eau de cette terre malade de son atmosphère.

Je fouillai dans diverses poches et rassemblai la somme de 15 cents puis je commençai à descendre les escaliers du métro quand je l'entendis crier. En toute modestie, je pense qu'il m'appelait, moi... « Hé, beauté ! », affirmait-il, « toi aussi t'es plutôt portée sur le diurne ».

Table des matières

Du même auteur :

Enorme changement de dernière minute, Editions Recherches.

Les petits riens de la vie, Rivages 1985, collection de littérature étrangère.

Plus tard le même jour, Rivages 1989, collection de littérature étrangère.

Bibliothèque étrangère Rivages :

Déjà parus :

1. **Grace Paley :** *Les petits riens de la vie.*
2. **Natsumé Sôseki :** *Oreiller d'herbes.*
3. **Paul Bowles :** *Le Scorpion.*
4. **Kaye Gibbons :** *Ellen Foster.*

Achevé d'imprimer
le 10 avril 1989
sur les presses de
l'Imprimerie A. Robert
116, bd de la Pomme - 13011 Marseille
pour le compte
des Editions Rivages
5-7, rue Paul-Louis Courier - 75007 Paris
10, rue Fortia - 13001 Marseille

2e édition

Dépôt légal : avril 1989